人間詞話講疏

王國維／著
許文雨／講疏

學術・民國選書
大家講堂

五南圖書出版公司 印行

學識之法門・智慧之淵藪

——序五南「大家講堂」

曾永義

五南圖書陸續推出一套叢書叫「大家講堂」。這裡的「大家」，固然不是舊時指稱高門貴族的「大戶人家」，也不是用來尊稱漢代才女班昭「曹大家」的「大家」；但也包含兩層意義：一是指學藝專精，歷久彌著，影響廣遠的人物，如古之「唐宋八大家」，今之文學、史學、藝術、科學、哲學等等之「大家」或「大師」；二是泛指衆人，有如「大夥兒」。而這裡的「講堂」，雖然還是一般「講學廳堂」的意思，只是它已改變了實質的形式，既沒有講席，也沒有聽席；因爲這講席上的大師已經化身在書本之中，只要你打開書本，大師馬上就浮現在你眼前，對你循循善誘；而你自然的也好像坐在聽席上，悠悠然受其教誨一般。於是這樣的講堂，便可以隨著你無遠弗屆，無時不達。只要你有心向學，便可以隨時隨地學習，受益無量。而由於這樣的「講學廳堂」是由諸多各界大師所主持的講席，是大夥兒都可以入坐的聽席，所以是名副其實的「大家講堂」。

長年以來，我對於五南出版公司創辦人兼發行人楊榮川先生甚爲佩服。他行年已及耄耋，猶以學術文化出版界老兵自居，認爲傳播知識、提升文化是他矢志的天職。他憂慮網路資訊，擾亂人心，佔據人們學識、智慧、性靈的生活。使往日書香繚繞的社會，呈現一片紛亂擾攘的空虛。於是他親自策畫「經典名著文庫」，聘請三十位學界菁英擔任評議，自民國一〇七年，迄今已出版一一〇種。他卻發現所收錄之經典大多數係屬西方，作爲五千年的文化中國，卻只有孔孟老莊哲學十數種而已，實屬缺憾，爲此他油然又興起淑世之心，要廣設「大家講堂」，再度興起人們「閱讀大師」的脾胃，進而品會大師優異學識的法門，探索大師智慧的無盡藏。潛移默化的、砥礪切磋的，再度鮮活我們國民的品質，弘揚我們文化的光輝。

我也非常了解何以榮川先生要策畫推出「大家講堂」來遂他淑世之心的動機和緣故。我們都知道，被公認的大家或大師，必是文化耆宿、學術碩彥。他們著作中的見解，必是薈萃自己畢生的眞知卓見，或言人所未嘗言，或發人所未嘗發；任何人只要沾溉其餘瀝，便有如醍醐灌頂，頓時了悟；而何況含茹其英華！或謂大師博學深奧，非凡夫俗子所能領略，又如何能夠沾其餘瀝、茹其英華？是又不然，凡稱大家、大師者，必先有其艱辛之學術歷程，而爲創發之學說，而爲建構之律則；但大師之學養必能將其象牙塔之成果，融會貫通，轉化爲大衆能了解明白之語言例證，使人如坐春風，趣味橫生。

譬如王國維對於戲曲，先剖析其構成爲九個單元，逐一深入探討，再綜合菁華要義，結撰爲人人能閱讀的《宋元戲曲史》，使戲曲從此跨詩詞之地位而躐之，躋入大學與學術殿堂。魯迅和鄭振鐸也一樣，分別就小說和俗文學作全面的觀照和個別的鑽研，從而條貫其縱剖面、組織其橫剖面，成就其《中國小說史略》、《中國俗文學史》，使古來中國之所謂「文學」，頓開廣度和活色。又如胡適先生《中國古代哲學史大綱》，誠如蔡元培在爲他寫的〈序〉中所言，他能夠先解決先秦諸子材料眞僞的問題。又能依傍西洋人哲學史梳理統緒的形式；因而在他的書裡，才能呈現出「證明的方法」、「扼要的手段」、「平等的眼光」、「系統的研究」等四種特長，要言不繁的導引我們進入中國古代哲學的苑囿，聆賞先秦諸子的大智大慧。

也因此，榮川先生的「大家講堂」一方面要彌補其「經典名著文庫」的不足，便以收錄一九四九年以前國學大師之著作爲主。凡其核心之學術代表著作，既爲畢生研究之精粹，固在收錄之列；而其具有普世之意義與價值，經由大師將其精粹轉化爲深入淺出之篇章者，其實更切合「大家講堂」之名實與要義，尤爲本叢書所要訪求。

記得我在上世紀八〇年代，也已經感受到「學術通俗化、反哺社會」的意義和重要，曾以此爲題，在《聯副》著文發表，並且身體力行，將自己在戲曲研究之心得，轉化其形式而為文建會製作之「民間劇場」，使之再現宋元「瓦舍勾欄」之樣貌，並據此規畫「民俗技藝園」（今之宜蘭傳統藝術中心），作為維護薪傳民俗技藝之場所，並藉由展演帶動社會及各級學校重視民俗技藝之熱潮，乃又進一步以「民俗技藝」作文化輸出，巡迴演出於歐美亞非中美澳洲列國，可以說是一個很成功的例證。近年我的摯友許進雄教授，他是世界甲骨學名家，其學術根柢之深厚、成就之豐碩無須多言，他同樣體悟到有如「大家講堂」的旨趣；乃以通俗的筆墨，寫出了《字字有來頭》七冊和《漢字與文物的故事》四冊，頓時成為兩岸極暢銷之書。其《字字有來頭》還要出版韓文翻譯本。

已經逐步推出的「大家講堂」，主編蘇美嬌小姐說，為了考量叢書在中華學識和文化上的意義和價值，因此其出版範圍先以「國學」，亦即以中國文史哲為限。而以作者逝世超過三十年以上之著作為優先。而在這裡我要強調的是：「大家」或「大師」的鑑定務須謹嚴；其著作最好是多方訪求，融會學術菁華再予以通俗化的篇章。如此才能眞正而容易的使「大家」或「大師」在他主持的「大家講堂」上，如「隨風潛入夜，潤物細無聲」的春雨那樣，普遍的使得那熱愛而追求學識的一大夥人，都能領略其要義而津津有味。而那一大夥人也像蜜蜂經歷繁花香蕊一般，細細的成就，釀成自家學識法門的蜜汁；而久而久之，許許多多大家或大師的智慧，也將由於那一大夥人不斷的探索汲取，而使之個個成就為一己的智慧淵藪。我想這應當更合乎策畫出版「大家講堂」的遠猷鴻圖。

榮川先生同時還策畫出版「古釋今繹系列」和「中華文化素養書」做為「大家講堂」的姐妹編，為此使我更加感佩他堅守做為「出版界老兵」的淑世之心。

二〇二〇年元月二十九日晨
序於台北森觀寓所

王國維的學思歷程

清華大學華文文學研究所教授　黃雅莉

時代新舊交替與個人內外衝突

王國維（一八七七—一九二七），是近代學術的巨擘，也是上個世紀中國最憂鬱的靈魂。王國維一生哀氛環繞、悲心籠罩，最使後人心靈震撼的，莫過於一九二七他在頤和園投水自盡的事件了。大師究竟爲什麼會不堪重負而自沉了呢？如果你了解他所處的時代和他的學思歷程，當會了解，他選擇一死是必然的結果。

王國維生活的時代，適逢清末民初王綱解紐的易代巨變，正是這種新舊交替的過渡性，造成了王國維內外衝突、進退失據的人生。王國維自幼接觸中國古典文論，對中國的文論思想吸收頗深，少年求學時更多的透過日本對西方近代思想的翻譯著作，深入地了解西方思想。在兩種思想交會時，得出他自己的見解，也是得益於他學識淵博；然後在了解西方近代思想與明治思想的基礎上，他進一步的反思、發揚本國的國學。

在清末西學東漸之際，當時的中國學者開始嘗試和借鏡西方的學術理論和研究方法解決中國文化與學術問題。但在上位者只是把西學當作實現政治目的手段而已，無人眞正顧及學術的發展。傳統的價値體系面臨崩盤的危機。文化根柢被強烈撕扯，人的心靈原鄉陷入一片火海，此種情勢下，人急需一種精神寄託來支撐靈魂。尤其對於敏感多思的王國維來說，精神需求與慰藉更為迫切。王國維鑽研哲學，希望能由哲學對存在的解釋而得到心靈之慰藉。但對感情豐富具有詩人氣質的王國維而言，他對文學有著更多的共鳴。在學術現代性與政治保守性之間的矛盾背後，潛藏著他一貫的心靈追求，他始終在亂世中尋找安身立命之道。王國維對當時西學輸入之現狀極為憂心，最後，他由極力推崇西學轉向全盤否定西學。欲以天人之間的價値聯繫，平息亂世之中人心的躁動與不安，正是他在花果飄零的時代裡爲文化、爲自己守住的一點光明。

一九〇八至一九一〇年間可謂內外交迫的多事之秋。先有妻子病故，後有光緒、慈禧接連下世，宣統帝溥儀登基，而革命之變也悄然隱伏。《人間詞話》就零星完成於此期間，王國維爲詞話命名「人間」，正以自我與人間的關係，來面對自己與時代的關係。王國維提出了「境界說」，本之於詩人「憂生」、「憂世」並重的人生觀與價値觀。而其「無我之境」說，也表達了創作必須超越個人而昇華至對人類群體的關注的見解。

在晚清這個動盪不安的時期，一開始王國維對「人間」的思考只是單純的從時間性角度表現爲小我之短暫與宇宙之永恆的對立，這時王國維心中的「人間」與現實社會並無多大關係，他的內在還是一個相對平靜的整體。但在一九一一年辛亥革命爆發後，他眼下的「人間」開始分裂爲二：一是失去政權的清皇朝，一是以革命共和爲中心的新時代。這個一分爲二的「人間」已經不平靜，這種不平靜刺激著王國維。對此，王國維的立場非常鮮明，取前者，棄後者，從此以前朝遺民自居。這種「身分認同」是一種文化確立，也是一種對存在意義的尋求。對清末民初遺民身分的界定，無疑對我們理解王國維具有重要意義。遺民拒仕新朝，明顯地體現出隱士的人格特徵，王國維對政治家和功利的厭惡感也就可想而知了。王國維儘管選擇了遺民身分自居，但又不全然游離於社會政治之外。他保守的政治傾向也多是出於一種自由精神的選擇，他在民國成立以後把時代納入自身卻又與時代背離，彰顯著他獨立思想的主體意志。他不僅以「心懷故國」的志節自許，更以拯救民族文化爲己任，積極從事文化創造。於是王國維前往日本，遠離中國風雲變幻的現實，讓自己潛心於學術，其研究方向開始從哲學、文學轉向經史、小學，在日本期間也是他的研究成果最豐盛的階段。因此他的「自我」尙能與晚清時期保持一致。辛亥之後，軍閥之亂頻仍，歐戰以來，西學之弊盡顯，他更寄望以東方傳統的文化與道德拯救人心。他認爲文學家的影響力要高於政治家。在「學而優則仕」的傳統裡，學術往往成了獲取功名利祿的一種手段。王國維不願同流合汙，他認爲爲功利而學術是文人最大的悲哀，強烈呼籲學、政分開。這樣，王國維也就不再像過去的文人那樣視「修齊治平」爲實現人生價值的唯一手段，而把純粹的學術追求作爲體現個人價值的目標，在學術的世界裡構築了自己的精神家園。這個精神家園建立在悠遠博大的文化傳統上，建立在知識分子自覺的憂患意識與歷史使命感上。王國維以深刻的洞悉和敏銳的體察，使個體經驗上升爲人類的共有經驗，以一個知識分子的博大情懷關照人性深處，從而爲近現代文學開拓出了一片新視野。因此，在文化衰落、學術不存，連退回書齋獨善其身也無可能時，王國維便以生命殉文化、殉學術，在追求生命意義的歷程中寫完了人生境界昇華的最後一筆。王國維的人生實踐已體現了一種由中國古代文人向現代知識分子過渡的轉換，這也預告了王國維將以其卓越的學術建樹成爲中國近現代文化的啓蒙者、開拓者與領路人。他終將成爲中國近代史上第一位熔中西哲理、情趣於一爐的學者，也是第一個有高度人文自覺的大師，這種對人生價值、生命意義的探尋和從學術中求得眞理與解脫的執著已滲入其血液，成爲生命的組成部分。

殉道，對生命本源的堅持

王國維的一生，以學人始，以遺老終。從「遺民」視角回望王國維五十年的人生，可以發現「易代」的現實給知識分子帶來的痛苦，末世的文人總是悲苦的。他在動亂的時代試圖入乎其中，以求發展，在一九二三年應遜帝溥儀之召，北上就任「南書房行走」，兢兢業業，得到了溥儀的認可。一九二四年北伐軍馮玉祥發動「北京政變」，驅逐溥儀遷出紫禁城，王國維隨駕前後，感到奇恥大辱，曾數度投河自盡，皆為家人所阻而未遂。經此世變，他又試圖超乎其外，在一九二五年二月應聘任清華大學國學研究院教授，研究國學，講授經史小學，試圖脫離社會紛擾。但性本悲觀的他，雖從哲學中領會世間流轉變化之因，終未能躲過悲觀主義理論的「虛空」、「無常」的陷阱。一九二六年，王國維長子病逝，又與好友羅振玉絕裂，可謂雙重打擊。一九二七年六月，北伐軍直逼北京，王國維為了固守清遺老情結，留下「經此事變，義無再辱」的遺書，至頤和園跳昆明湖自沉，為整個人生畫了最後的一抹濃重的悲劇色彩。

在國家動盪、前途未卜之際，有多少人能堅持自己的信念？當時多少人奔赴了反清的前線，王國維依然拒絕背叛心中的道統。當時多少人跟著革命的號角剪掉了滿清的文化符號，在新式學堂講學的王國維依然守護著大清的遺風。當時多少人在風雲變幻的時局裡沉浮之際，王國維依然居隅一方，靜安於室。就算大清早已遺棄了它衆如繁星的子民，王國維依然要爲窮途末路的王朝留下一個不渝其志的注腳。偏執固守的王國維、拒絕變革的王國維，卻也是深摯純眞的王國維、敏感多思的王國維。在鼎沸變革的時代與傳統儒學思想的矛盾中，他仍把古典文化當宗教般虔誠信仰。讓王國維念茲在茲的是中華文明眼看行將不保，作爲一位執著於傳統文化的學者，他情願爲了留住文化而終生無怨無悔。但縱然他終日青燈作伴、憔悴至死的研究，又有什麼用呢？或許在他自沉之際，口中叨念的正是〈採桑子〉所云：「人生只似風前絮，歡也零星，悲也零星，都作連江點點萍。」這幾句幾乎是把人生看透了。從王國維毅然自沉可以看出其身上所遺留的傳統士大夫式的心理潔癖，但這樣說似乎把他固定在他爲了不滿清朝的覆滅與廢帝受欺侮憤懣而死。所以，還有更多的學者認爲，他精神植根的土壤分化了，他的意識與時間全部都被學術、國學占據了，他的靈魂再也融不進其他玷汙的、多餘的東西。近代史學大師陳寅恪爲王國維撰輓詞贊曰：

其所殉之道與所成之仁，均成抽象理想之通性，而非具體之一人一事。1

殉道，是人類追求眞理的一種方式，它是一種悲劇體現，表現出對生命的超越和對死亡的深明大義。與其說王國維是爲了清朝的覆滅與廢帝受到欺侮憤懣而死，不如說他已經超越政治和文化，而形成一種對生命本源的堅持。正如他那一首頗富盛名的〈浣溪沙〉，呈現出自我審視的心路蹤跡：

試上高峰窺皓月，偶開天眼覷紅塵。可憐身是眼中人。

1 陳寅恪《陳寅恪詩箋釋》，廣東人民出版社，二〇〇八年版。

在字裡行間充滿了王國維尋找自我的痛苦歷程。在不經意的「偶開天眼」的瞬間，往往能超越凡俗的薄膜而透視人間、頓悟一切、心智覺醒。就在詞人攀登高境、俯視塵寰，看清遠近巨細之物，感受到衆生萬物無非在滾滾紅塵中紛紛擾擾，在頓悟的同時，猛然間在芸芸衆生中也看到了自己，原來自己也是在痛苦和矛盾中苦苦掙扎的可憐人。「可憐身是眼中人」一句便充滿著觸目驚心的悲劇力量。這乃是將局中人與局外人二重身分集於一身的極佳寫照。既是哀人，亦復自哀；既有入世之深度，更有出世之高度；既是「入乎其內」的主觀視角，又是「出乎其外」的客觀視角，這種一體二相的情境，便是王國維理性和感性的兩個「自我」的相互依存。對於這一點，兪平伯爲重印《人間詞話》寫序時，曾引其意而用之：

作文藝批評，一在能體會，二在能超脫。必須身居局中，局中人知甘苦；又須身處局外，局外人有公論。2

俞〈序〉短短數語，卻直搗黃龍，顯然是對王國維「入乎其內」與「出乎其外」說的詮釋。以王國維對自己的認識，此身既是「眼中人」，必是「入乎其內」的；而「覷紅塵」且觀照自身的那個「偶開天眼」者，則又必是「出乎其外」的。他眞誠解剖自己：

余之性質，欲為哲學家則感情苦多而知力苦寡，欲為詩人則又苦感情寡而理

2 俞平伯《重印〈人間詞話〉序》），見俞平伯標點本《重印人間詞話》），王國維先生《人間詞話》，早著大名，幾乎是每個踏入傳統中國詩詞之門者，所不能不讀也。此作品最早由王氏發表在上海《國粹學報》，一九二六年俞平伯整輯之後，加上新式標點，由樸社出版，名為《重印人間詞話》，乃早的版本。此版書前的俞〈序〉，短短不過數百字，卻直搗黃龍，一下子點出了《人間詞話》的特色與重要性。

性多。3

情多，故可以入乎其內而寫之；智多，故可以出乎其外而觀之。但對於王國維而言，兩者同時存在，也會帶來無盡的矛盾和痛苦。王國維想成爲一位哲學家，卻常常感到自己的理性太少而感情太多；欲成爲一詩人，又感到感情太少而理性過多。王國維以哲人身分來塡詞，但其筆鋒常帶感情。豐富的情感妨礙深入的純思辨的理性分析，精湛的理性又阻礙靈感的發揮。情感與理智的緊張和相互衝突，讓他一直徘徊在哲學家與詩人這兩種身分之間而難以作出取捨。王國維雖然推崇能入、能出之境，並想以身試之，但事實上審美的超越之境與其說是一個可以實現的生命境界，不如說是一個精神的烏托邦、一個難以實現的夢想。然而也唯有在文學藝術的世界裡，絕望才更顯出它作爲生存勇氣的超越性實質。文學

3 （《靜安文集續編．自序》）

展示生存的絕望感，其目的並不是把我們推進沉淪之地，而是爲了讓我們看到生存的偏差和虛妄，我們在看的同時也就有了正視它的眼光。

學術境界與人生境界成爲一致

王國維這種理性和感性兼長並美的心靈，使得他始終無法從矛盾中解脫出來。他對文化的潔癖和固執又使得他把事情看得太認眞和絕對，折射到王國維本人的生命際遇，那是一位見證整個中國傳統文化由盛到衰的知識分子內心的沉痛與無法釋懷。王國維眼見文化的沒落，既然自己無力挽回，那麼就爲學問之道而殉命。一九二七年六月二日，王國維自沉於昆明湖。留有遺書曰：「五十之年，只欠一死。經此世變，義無再辱。」五十歲是人生一個非常重要的里程碑，人到了知天命之年，還要受辱，那確實是「只欠一死」了。王國維決定一死的眞正原因，至今不明，但可以確知的是，他走得很從容、很鎭定，他默默地處理完他該做的一切公事，便在自己的人生道路上主動地畫下了句號。在決定走這條路之前，相信他肯定也經過了徬徨、思想情感上的矛盾和恐懼失措等。王國維的恐懼，不是因爲要苟活於亂世，而是擔心自己的人格被踐踏。他認爲「世變」不僅是他個人的榮辱問題，也關係到自己所寄予的理想之榮辱問題。王國維最終仍然選擇了自殺之路，這與其本在矛盾中的痛苦掙扎及憂鬱悲觀的個性有很大關聯。他了解中國的歷史，也了解中國的現實，正因爲如此，才會愛之深、痛之切，正因爲如此，他才會有那麼多的絕望——對時代的絕望，對社會的絕望，最終是對存在的絕望。他的死，並不是因爲看不透，而是因爲看得太透澈，才看出了太多的矛盾和痛苦。這樣，他選擇死，就不僅僅是一個擺脫個人榮辱、個人痛苦的問題，而且是一個爲自己的理念而死的問題。

他的生命價值與學術價值融爲一體，他的學術境界與人生境界成爲一致。「今日乾淨土，惟此一灣水爾」，身在紅塵不由己，苦尋淨土而不得，於是終效屈子自沉，投頤和園昆明湖自盡，以成全自己的文化潔癖。當年屈原所殉之道是國家之道，而兩千多年後的王國維，爲之殞身的卻是他所鍾情的文化之道。王國維之所以看透生死，是因爲其思想靈魂已到了一個超越個人的境界，如同從九天雲端俯瞰死亡，不僅有對死亡的超脫感，還有對生命所產生的悲壯感。王國維的死是一場文化葬禮，宣告了傳統文化舊時代正式結束，歷史揭開了新文化運動新的一幕。

最是人間留不住一代優秀的學人，悲劇亦是一首關於美的詩意的絕唱。王國維就這樣因爲生錯了年代而度過了一個悲苦至極也詩意至極的人生。只願意做學問當良相的王國維，任世界翻雲覆雨，只屬於士大夫的書生王國維，他毫無保留地告訴我們如何珍愛生命、承受苦難，如何與人爲善、與世相處，如何爲時代負責、爲自己負責。正因爲王國維對自己有如此高度嚴格的要求，才能成就其高尚和豐富的思想境界，贏得了一代代有夢想的學子們的愛戴與肯定。

王國維這位瘦小嶙峋的大學者，投影在後世讀者心底深處的，除了一個決絕投湖的身影、那感性和理性兼美的立體肖像之外，大概就是那一冊影響深遠的《人間詞話》，以及如何在有限的生命存在中追求無限高遠的人生境界。

大師乘風而去，在人間留下了他豐碩的著述，留下了他刻苦勵學的品格範式，歷史不會忘記他，後輩學人也不會忘記他。我們相信，歷代的詞學研究，都將與王國維的「境界說」緊緊相連。

從藝術審美至生命美學的建構

——王國維《人間詞話》的理論價值與特色

清華大學華文文學研究所教授　黃雅莉

前言：從詞話的文本形式說起

詞話是一種重要的詞文學批評形式，主要以條列的方式進行點評賞、分析相關詞作的表現和詞史現象，使得詞學家的文學觀得以廣泛傳播。中國古代詞話從唐宋的萌芽成型，到元明的發展成熟，至清代則是輝煌大盛。其中王國維的《人間詞話》可說是歷代詞話成就之最高峰，王國維在其中表達了對生活與創作關係方面的許多發人深省的創見，在中國文論史上具有重大的意義。

詞話的文本就其體製而言是呈現如札記般散漫的羅列，時有意象化語言的呈現，但其實在看似散亂簡短的談論中，蘊藏著深刻的見解，詞話寫作的終極意義是透過片段的評說表達出概念化或哲理化的內涵。讀者在閱讀上，必須要從散置在各則的片段論述中找到統攝一切的中心思想，從詞話文本的模糊感性把握走向規範化、明晰化的理性闡釋，以歸納、分析等科學方法去掌握其原理和規律。

幾十年來，對於王國維《人間詞話》的研究，難以計數，對王國維「境界說」的闡釋，一直是詞學研究的熱門課題。但統觀之，這些討論，多數是側重於「就事論事」地考證「境界」的各種含義。對王國維建構「境界說」的思想根源或心理模式進行研究的成果尚少。對「境界說」進行思想根源性的詮釋，似乎還有進一步探究的必要。筆者認為應在就事論事的基礎上進一步的窮源溯流地把王國維「境界說」放在文學發展過程中而加以評論，看王國維的「境界說」較之詩論中的「意境論」、「興趣說」、「神韻說」有何開拓；較之在他之前的詞境論有何差別。其次，任何的理論的發現和掌握，必有其深刻的認識根源。若要對中國文學批評取得創新的重大突破，還要從思想根源上下工夫。此種美學根源探討的意義對具體的文學創作、文學批評而言，都具有重要價值，這也是文學批評可以獲得重大突破的條件。

從王國維《人間詞話》到許文雨《人間詞話講疏》

自一九〇八年王國維把《人間詞話》初稿，發表在上海《國粹學報》，其後十多年間，這本書似乎是淹沒在塵埃中，並未被學界所注意。直至一九二六年俞平伯加上新式標點，出版《重印人間詞話》，《人間詞話》才開始受到關注。此後，陸續有學者加入到對《人間詞話》的箋注、評點與研究的行列中，對這本詞話的傳播與接受具有積極意義。但首度讓這本書具有學理上闡發之功的則是在一九三七年出版的許文雨的《人間詞話講疏》，這是第一本對《人間詞話》進行疏通講解的專著。[1]許先生專研中國文論，其一系列傑出的中國文學批評著作如《鍾嶸詩品講疏》、《文論講疏》、《唐詩集解》等，早已奠定了許文雨作為中國文論大家的地位和主要治學的方向。許文雨在一九二〇年代畢業於北京大學文科，是史學大家范文瀾的學生。一九四八年前後，藝術史學家沙孟海曾邀其為蔣介石整修蔣氏家譜，但他因不願介入時局而推辭，由此可見許文雨和王國維對

1 彭玉平〈《人間詞話》：從文本疏通到價值認同——《人間詞話》百年學術史研究之七〉一文說：「許文雨採用的並非專題研究式的講疏，而是將註疏分散在單則詞話，故其體例實兼有一般性的註釋和理論解說的雙重意味。就註釋而言，許文雨也後來居上，不僅在徵引文獻上注重版本選擇，使相關的文獻的精確度得到大幅提高，而且注意將詞話中沒有標明的隱性文獻也一一徵引出來，其實類似於一種理論溯源了。不過，《人間詞話講疏》的最大貢獻在於對王國維詞學理的剖析上，如境界之內涵、造境與寫境之區別等，許文雨都在講疏中用現代觀念剖析其中內涵。對於王國維立說欠周延的地方，如南北宋之優秀等問題，許文雨更是在講疏中直陳自己的立場，帶有商榷的意味。」見《詞學》第二十一輯，二〇〇九年第一期，頁二〇二—二五一。

學術的執著有著相似處，也一樣淡泊於名利遠離政治，寧願在戰火硝煙的時代尋覓一間窗明几淨的斗室，專注於中國文論理論體系的整理。他對於王氏論詞之意多所發明，不僅是「創爲」，而且有不少「創穫」。大陸當代詞學研究者彭玉平說：

整個三四十年代所有《中國文學批評史》著述無一將王國維《人間詞話》列入研究物件的情況下，許文雨將王國維的《人間詞話》和《宋元戲曲考》列為中國文論的殿軍，這種從整個中國文學批評史角度對其歷史地位的認定，比單純的個案研究，更顯出一種深邃的理論眼光。……許文雨從文學批評歷史角度對王國維文論的慧眼拈出，其貢獻當然是不容遺忘的。[2]

2 彭玉平〈《人間詞話》：從文本疏通到價值認同——《人間詞話》百年學術史研究之七〉，《詞學》第十九輯，二〇〇八年第一期，頁二三二—二五三。

彭先生這段文字已說明了許文雨《人間詞話講疏》的重要價值了。許文雨以深入淺出的語言，對王國維的詞學思想進行了打通中外、探古創新的闡述。在文獻徵引和義理解說方面都是具有開拓性的，不但具有求真的考據說明，而且也具有求美的個性體悟，二者共同構成對這本詞話詮釋學的重要內容。無論在理論批評還是義理的闡發，已具有對《人間詞話》經典化的明確意識。這一經典化的建構過程，表現了他對《人間詞話》的深刻認識。爲《人間詞話》後續的理論研究奠定了重要基礎。

王國維爲何以「人間」命名？

「人間」是王國維詞中出現頻率較高且蘊涵豐富的意象，[3]體現了其對「人

3 例如：「人生只似風前柳絮，歡也零星，悲也零星，都作連江點點萍。」（〈採桑子〉）、「算來只合、人間哀樂，者般零碎。」（〈水龍吟・楊花〉）、「說與江潮應不至，潮落潮生，幾換人間世。」（〈蝶

間」一詞的濃厚興趣。《人間詞話》亦使用「人間」來命題。王國維之所以用「人間」二字來命名自己的詞學和詞作，就在於他感悟到了其中的哲學真諦，從而「靜觀人生之變，感慨繫之」。人間，有充滿惡濁、紛爭的政治功利人間，同時又有著令人既想逃離又無法捨棄的可親可愛、可觀可樂、有情有味的日常人間。「人間」毫無疑問是解讀王國維人生理想的關鍵字，從人間的凡庸性到超越性，這裡蘊含著對人生的重圍關卡突破的路徑等指向高遠的問題。王國維心懷寰宇，《人間詞話》語境中的「能觀」一詞蘊涵的超越的力量，熔鑄著深刻的生命體驗，寄託了深沉的人生思考，強調作者要有對人生意義、生命價值的高度自覺，從審美藝術中超越痛苦，得到精神升華，從而寫出有境界的好作品，這對後世詞人以詞書寫個人懷抱和探討生命課題具有重要影響。

「境界說」的審美指向人間，這種絕對的美實現不在別處，就存在於我們有

戀花〉）、「人間孤憤最難平，消得幾回潮落又潮生。」（〈虞美人〉）。

限的日常人生之中，存在於有情衆生之中。王國維提出「詩人之境」是「無我之境」，這個「無我」，是超越淨化了的「我」，「無我之境」乃是更高一層的哲思審美層。是對宇宙無限整體——天人合一、物我一體的境界的絕對美的感受。萬物爲一的境界，是人生最高的所在，終極關懷所在。美感的神聖性便是一種天人合一的境界，這並非宗教上的人格神，或是人類歷史上種種的彼岸世界的信仰的替代物，王國維實在是把高遠的精神追求落實在人間世界、落實在日常生活、落實在一個充滿矛盾和苦難的世界。落實在對待萬事萬物的關係之中，也就是把高懸在遙遠的神性接到了腳踏實地的天地和人間。

從詩學的「意境」說到王國維提出「境界」說的詞學史意義

中國正統文學中，詩以「言志」，文以「載道」，賦以「頌德」，但對於作爲娛賓遣興之用、要眇宜修之質的詞文學，要用什麼來評價？王國維特別提出了

「境界說」爲詞學的批評原則。[4]與「境界」一詞相似、而且使用更加普遍的是「意境」。中國詩歌的審美傳統是一種追求含蓄的美學，所以有了「意境說」，詩歌的抒情方式，其實也就是構成意境的方式。「意境」是指作家的主觀情思與所描寫的富於特徵性的客觀景物渾融契合而形成的情景交融、虛實相生、韻味無窮的詩意化想像性的審美空間和藝術氛圍。在「意」與「境」的融合中，能使讀者透過想像和聯想，使人身如其境，在思想情感上受到感染。

「境界」和「意境」相通之處就在情景交融，情景契合乃生境界。但王國維爲何用「境界」取代「意境」？在王國維的論述裡，「意境」和「境界」二者差異何在？我們若能理解這個問題，大約能掌握「境界說」的內涵了。王國維自己說過：

4 《人間詞話》云：「詞以境界為上，有境界則自成高格，自有名句」，把「境界」視為是評價詞的最高標準。

阮亭所謂「神韻」，猶不過道其面目；不若鄙人拈出「境界」二字為探其本也。言氣質，言神韻，不如言境界。有境界，本也。氣質、神韻，末也。有境界而二者隨之矣。

王國維在此說「境界說」高於滄浪（嚴羽）所提出的「興趣」、阮亭（王士楨）所提出的「神韻」，便在於「興趣」、「神韻」不過只是「道其面目」，只強調是什麼，而忽視根源性的理解，不如他拈出「境界」二字爲一種「尋源探本」下的宏博會通。這種根源性探討的意義對具體的文學創作、文學批評而言，都具有重要價值。

「意境」本是中國古代詩論的核心概念和重要的美學範疇。唐代王昌齡「意境論」、唐代司空圖的「思與境諧」、宋代嚴羽「興趣說」、明代王世貞的「神與境合」、清初王士禎「神韻說」、清代王夫之的「妙合無垠」。到了明清時期，「意境」一詞就漸被廣泛使用，開始成爲品評詩詞的最高審美標準。

唐宋詞論很少直接探討詞境，直到清代，詞學理論才引入詞境說。從清初劉體仁《七頌堂詞繹》從「詩詞分疆」論「詞中境界」、乾嘉年間周濟從寄託論過渡到意境論：「以無厚入有間」中達到「意與境渾」、道咸年間蔣敦復「以有厚入無間」之境評詞、劉熙載以詩境說引入詞境；同光年間陳廷焯從「沉厚」而及「沉鬱」詞境的美學表述；晚清況周頤從「詞心」而及「靜穆」詞境創造心理機制的揭示。上述幾位詞學家論述包含了不同的路徑，呈現出詞境與古典詩學中意境論的離、合之別，一方面從主體上承衍了古典詩境論的內涵，一方面也勾畫出詞學中詞境論的展開面貌及闡說軌跡。

我們常混淆詩論中的「意境」和詞論中的「境界說」，認爲「意境」等同「境界」。其實不然，「詞境」從「詩境」而來，但並不同於「詩境」，由於詞是一種比詩更講究「向內轉」和「深隱化」的文體，必須具有「言有盡而意無窮」的詞境。清代詞論家強調詞必有境，而且詞境不同於詩境——更強調境之「靜」、「深」、「隱」。

「詞境」不同於「詩境」，一般清代詞論家眼中的「意境」與王國維的

「境界」義涵亦不同。上述幾位詞學家如周濟、陳廷焯、況周頤等人的論述仍然是從審美藝術的角度來論詞境，要求詞應該是深刻沉厚的思想感情和優美婉約的藝術形式的有機統一。從詩學中的「意境說」，發展到了清代的「詞境論」，到了王國維手中變成了「境界說」了。這種發展的過程，便是詞論和詩論同中趨異的表現。也可謂之傳統文學批評的終結和新變。

王國維建構「境界」說精神本質乃一生命本體論

王國維爲何要以「境界說」取代「意境說」？這種取而代之的做法，意味著他賦予境界說獨特的內涵，是「意境」所不能取代的。我們若無法將「境界」與「意境」加以清晰區別，是無法眞正了解「境界說」的內涵。

王國維《人間詞話》從「意境」向「境界」概念移動的過程中，意義變化重要的關鍵在於「境界說」具有生命本體論的人生觀與價値觀。「意境」只是單純的強調情景交融的藝術審美層次；而「境界」更強調作者的生命感知，他以

「眞」和「自然」詮釋境界說的作家的主觀條件，而且必須具有憂生、憂世的思想，方能展現生命境界的深度。「憂」之一字，是創作的基礎，一旦指向人類心靈的深度，必然對詩人的心靈之「眞」有高度要求，「眞」與「深」總是相生相成的。

「境界說」的精神本質在於它是一種生命本體論，和一般情景交融或外物的召喚的情感論所不同在於，「境界說」建立在主客二分之上，設置了一個更高的本源，那就是生命，正如他的「人生三境」說：

> 古今之成大事業大學問者，必經過三種之境界。「昨夜西風凋碧樹，獨上高樓，望盡天涯路」，此第一境也；「衣帶漸寬終不悔，為伊消得人憔悴」，此第二境也；「眾裡尋他千百度，驀然回首，那人正在燈火闌珊處」此第三境也。此等語非大詞人不能道。

從這段文字可見王國維特意把人生境界與詞中的境界聯繫起來，他在這裡強調是做大事業與成就大學問是依賴整個心胸人格的昇華而成就的，塡詞也非技巧所能奏效，他把主體精神作爲批評的重要尺度，作者的心胸人格是決定作品境界的重要指標。

人對宇宙人生在某種程度上所有的覺解，宇宙人生對於人所具有的不同意義，即構成人的某種境界。所以「境界」，是一種心靈狀態或生命生存的方式，所謂「境界」，即心靈超越所達到的一種境地，其特點是內外合一、主客合一、天人合一。由此可見，當「意境」變爲「境界」，乃從創作主體的角度提出了文藝境界產生的根源，認爲作家的人生境界才是詩詞境界形成的根源和基礎。

「境界說」，它以眞性情爲本原，以生命體驗爲審美的核心，以精神超越爲其哲學指向，在三者的交互關係中來把握審美活動的性能，這樣一種理念或可稱之爲「生命體驗論」的審美觀，提高一步，也就是「生命體驗美學」了。可見王國維的「境界」與「意境」同中之異，便在於其所強調的並非什麼情景交融，而是與情、景兩要素相對的「能觀」——智慧的「觀照」，它能對情感的沉溺形成理智的照明，從而形成一種超越與昇華的心靈境界。文學作品的境界，不只是詩人心靈境界的意象化，也是把心靈的感受，提升爲智慧的觀照、理性的思考。

王國維從詩學的「意境說」轉化爲「返本探源」的「境界說」發展，可以說是詞學批評從一般性的「藝術審美」層次晉升至「生命美學」的層次。

王國維建構「境界」說的思維模式思想根源：二元對立的統攝辯證思維

長期以來我們對中國文論「說什麼」（言說內容）的關心遠遠超出「怎麼說」（言說方法）的重視。事實上，中國文論「怎麼說」（言說方法）的傳統攸關作者的思維方式和生存方式。文論的「怎麼說」也往往具有厚重的歷史底蘊和超越時空的生命活力，既可支撐文論的建構體系，也可以推展其思想根源。

任何理論的提出，必然有其思想根源，正因爲詞學觀基於詞學家的審美心理，體現了詞學家對詞文學審美形式的自覺追求，所以必須尋找文學思想的美學根源。那麼王國維拈出「境界說」的思想根源爲何？王國維的「境界說」較之他之前的詞境論又有何突破？這都是我們研讀《人間詞話》時必須思考的問題。

一位文學大師就像一個綜合似的體系，展現了相容並蓄、無所不備的大格局。「境界」本身就是一個複雜、豐富的概念，很難用一個準確的定義來概括其全部內涵。「境界」作爲生命所在的栖居地，是中國文人嚮往的至高之境，這是一種「只可意會，不可言傳」的境地。爲了幫助讀者更形象深刻地認識「境界」說，王國維從哲學辯證的角度，歸納了幾組與「境界」相關的二元對立的主題，例如：「入乎其內」與「出乎其外」、「有我之境」與「無我之境」、「造境」與「寫境」、「理想」與「寫實」、「詩人之境」與「常人之境」、境界有大小，透過這幾組範疇來對「境界」進行說明。

中國詞學史上，範疇對舉的現象並不少見，諸如雅與俗、清空與質實、婉約與豪放等等，然而王國維《人間詞話》中一系列對舉性理論範疇的提出，卻具有鮮明的創新特色。王國維不斷拓大自己的關懷面與格局，由情景交融的「物我和諧」到「憂生」、「憂世」並重的「文化生命」，至能「入」亦能「出」的「文學生命」。這些觀念相凝聚在一起，構成一股巨大的合力，成爲連接王國維的哲學思想、文學批評、文學創作的重要線索。這是王國維在廣闊的中西文化視域下鍛造出的思路結晶，也是王國維終身爲之追尋的人生之意義的完美解答。我們應該在一個更全面的角度上，把《人間詞話》思想體系進行一種系統性、整體性的歸納分析。

從王國維建構「境界說」背後的主體心理的角度來探討境界說的美學根源，我們可以對王國維的「境界說」進行其思維方式的審視，這是對其詞學批評可以獲得重大突破的條件。那麼，王國維建構「境界說」所採取的思維方式究竟是什麼？在筆者看來可能的回答是「辯證思維」——亦即對立統一的思維方式。例如他提到創作心境中的理性與感性兼備：

詩人對宇宙人生，須入乎其內，又須出乎其外。入乎其內，故能寫之；出乎其外，故能觀之。入乎其內，故有生氣；出乎其外，故有高致。

作家在創作準備階段及創作中有一個主觀修養過程。這種修養既要求作者以熱情的態度體驗生活，又要求作者有冷靜清明的智慧，是理性與非理性的統一。熱烈與冷靜對靈感來說是相反相成的兩個方面。文藝創作的全過程都存在矛盾的對立統一。認識到創作主體內部對立因素的相反相成及其對客觀物象的影響，才算自覺地掌握文藝創作的要求。

長久以來，我們在思維方式上常陷入二元對立的漩渦而不能自拔。我們在內容與形式、主體與客體、表現與再現、理性與感性、虛構與眞實、個性與共性……等一系列二元對立中搖擺、徘徊，很難找到一個平衡之道。王國維透過境界說的建構告知我們，要打破二元對立的思維格局，必須尋找一個超越對立的更高的統合。任何事物都有它的對立面，雙方既對立又互相依存。王國維在其「境界說」中會通中西相關思想，從超越二元對立的角度對中國傳統文藝美學的基本問題進行現代轉換嘗試。對二元對立思維方式的進一步突破和超越正是因爲他可以找到一個統攝雙方的本源。

正因爲境界意義指向生命本體，心的力量往往具有主宰力和能動性，於是就有轉化對立矛盾的能力。人生無處不「現實」，但人生也可以把「現實」轉化爲「實現」。「有境界則自有高格自有名句」，「高格」和「名句」兼備，正是「充實之謂美」，把道德與審美的合用。境界說具有超越對立、統攝雙方的辯證作用，正在於它可以把天上與人間合流，也就從日常生活可以達到神聖性的超越。

王國維理論中的境界類型有以下幾組：「有我之境」與「無我之境」、「常人之境」與「詩人之境」、「壯美」之境與「優美」之境。六種境界呈兩種審美走向，歸屬兩個個審美範疇：一是由「造境」能得「無我之境」，產生優美感及「詩人之境界」。二是由「寫境」得「有我之境」，產生「壯美」及「常人境界」。這其實就是「境界說」的理論體系，看似兩兩對立的範疇論，其實是一個整體的系統性論述。這種超越性思維實質上就是一種具有豐富性和開放性的思維方式，多元中每一元都獨立存在和運作並保持著互補互動的關係，正如本雅明所說：「每一個理念都是一顆行星，都像相互關聯的行星一樣與其他理念相關聯，這種本質之間的和諧關係就是構成眞理的因素。」[5] 和諧是人可以在和自己、和他人、和自然社會的關係中感受到內在思考、情意等各個要素相互協調、運行流暢的狀態，是感性和理性的合流、是動態與靜態的統一，體現共性與個性的關係，二極對立中走向和諧，這便是「境界說」的多元一體的格局。

王國維先透過各式二元對立的幾個範疇論之後，再透過辯證思維超越二元對立而加以統合，將理論主體所把握的感性文學經驗上昇到普遍的理性原則，最終達到文學審美形態的科學概括，表現爲抽象的理論形態。這種新理性精神，在對文藝學一系列基本問題上體現了對二元對立思維方式的進一步突破和超越，因爲它採取的是一種全域式的大視野。

5 本雅明著、李雙志、蘇偉譯：《德意志悲苦劇的起源》（北京：北京師範大學出版社，二〇一三年），頁十五。

結論：境界說對詞學審美觀念的構建價值

「境界說」的文化內涵已構成一種新的審美觀，王國維用「境界」這一觀念和標準來審視、評價唐宋以來的詞人詞作，不僅刷新了人們對詞這一古老文體的認識，而且建立了一種全新的詞學批評模式，開創了一代風氣。「境界說」在義蘊上對傳統詩學進行了創造性的整合，也確立詞與詩同中趨異的特質。

《人間詞話》是一部體驗之作，一部沉思之作，一部思辨之作，也是一部詞話名下的另類風旗，詞話的哲理光芒與文藝審美光芒並舉。其獨特的體驗方式、藝術形式和深厚的意蘊，是歷代詞話中最高的成就。

王國維透過人間的是非之地、勢利之場，反映出現實中的荒誕，同時也探尋詞文學中的生命價值和詞人的生存意義，揭開經驗和文化的遮蔽，直接面對生存的虛無和孤獨，開掘人性的深度、廣度和力度，此後，「境界說」的文化內涵已構成一種獨屬於詞文體的新的審美觀。「境界說」彰顯了詞作必然飽含著作者對現實生活的體驗和感受，從而烙印了社會歷史的種種痕跡。所以它不再是作為純粹外物出現的，它飽含了作者對身之所處的現實生活的體驗和感受，在折射出作者情感意緒的同時，體現的是一種生活審美觀和技術審美觀，傳輸著社會的主流價值和理念，也傳達出社會歷史的現實回聲。這也是生活在末世的王國維，在他短暫的五十年生命中，在進退失據中爲了留住傳統文化所作努力。王國維也藉著《人間詞話》印證了個人如何在有限的生命存在中追求無限高遠的人生境界。

目錄

王國維《人間詞話》卷下

附錄　王國維重要序文

王國維大事年表

序言

余曩纂《文論講疏》二十餘萬言，既付正中書局刊以行世矣。而局中同好復抽刊其中《人間詞話講疏》，以廣其傳，意至深也。因採掇王氏論詞之說，以弁其論，曰：夫詞之爲文學，固亦不越夫作者之意與所作之對象，涵內藻外，以成就其體制。其上焉者，則意融於象，殆與莊生物我雙遣之旨同符，而王氏則謂之意境兩渾矣，其次則或以意勝、或以境勝，偏美之擅，亦各有當，然固非超卓之詣也。觀夫五代以降之詞人，獨李後主、馮正中所作，神餘象表，秀溢物外，爲得於意境之深。北宋則歐陽公意餘於境，秦少游境多於意。珠玉、小山，抑又其次。美成晚出，所貴仍在意境，以殿北宋一代。南渡詞人，稼軒白石，差足稱述，若夢窗砌字，玉田疊句，雕琢敷衍，同歸淺薄，此則惟文字是務之失也。歷元迄明，斯道獨曠。迨清初納蘭性德始以天才崛起，悲涼頑豔，意境至眞。異夫乾嘉以降之審體格與韻律者矣。蓋王氏所主詞之義界及其賞析之見略如是其所自爲，例如〈浣溪沙〉之詞曰：「天末同雲黯四垂，失行孤雁逆風飛，江湖寥落爾安歸？陌上挾丸公子笑，座中調醯麗人嬉，今宵歡宴勝平時。」〈蝶戀花〉之詞曰：「昨夜夢中多少恨，細馬香車，兩兩行相近。對面似憐人瘦損，衆中不惜搴帷問。陌上輕雷聽漸隱，夢裡難從，覺後那堪訊？蠟淚窗前堆一寸，人間只有相思分。」又曰：「百尺朱樓臨大道，樓外輕雷，不問昏和曉，獨倚闌干人窈窕，閒中數盡行人小。一霎車塵生樹杪，陌上樓頭，都向塵中老。薄晚西風吹雨到，明朝又是傷流潦。」殆足以當意境兩忘物我一體之優譽乎！讀者就其述旨與其自例，加以審思，則此書之義諦，已得其概要矣。

二十五年歲暮許文雨識。

例略

一 本書就新刊《王忠慤公遺書增補本人間詞話》錄出，仍分上下兩卷，加以疏釋。

一 疏釋義解，多玩索原作者《靜庵文集》中評論文學之旨，以爲注說。蓋以己說證己說，尤爲確允。

一 疏證例篇，悉就原書迻錄，並注出卷數以便稽查。

王國維[1]《人間詞話》卷上

一

詞以境界[2]爲最上。有境界，則自成高格，自有名句，五代、北宋之詞所以獨絕者在此。

1 王國維，浙江海寧人，遜清遺臣，歿於民國十六年，謚曰忠愨。新刊《王忠愨公遺書》本收《人間詞話》兩卷。卷上曩曾單行，有靳德峻《注》，於本篇所引詩詞，均錄其全首，頗便初學。本書不更標靳曰出某原作云者，以其引文頗有訛誤，故不敢憚煩，重檢原書移錄之。卷下尚無注本，由予創爲，如有謬戾，敬俟君子。

2 妙手造文，能使其紛沓之情思，爲極自然之表現，望之不啻爲眞實之暴露，是即作者辛勤締造之境界。若不符自然之理，妄有表現，此則幻想之果，難詣眞境矣。故必眞實始得謂之境界，必運思循乎自然之法則，始能造此境界。

二

有造境，[1]有寫境，[2]此「理想」與「寫實」二派之所由分。然二者頗難分別，因大詩人所造之境必合乎自然，所寫之境亦必鄰於理想故也。

1 案由創造之想像，締造文學之境界，謂之造境。溫徹斯特（Winchester）曰：「創造之想像者，本經驗中之分子，爲自然之選擇而組合之，使成新構之謂也。」

2 寫實之境，謂之寫境。

三

有有我之境，有無我之境。「淚眼問花花不語，亂紅飛過秋千去。[1]」「可堪孤館閉春寒，杜鵑聲裡斜陽暮。[2]」有我之境也。「采菊東籬下，悠然見南山。[3]」「寒波澹澹起，白鳥悠悠下。[4]」無我之境也。有我之境，以我觀物，故物皆著我之色彩。無我之境，以物觀物，不知何者爲我，何者爲物。古人爲詞，寫有我之境者爲多。然未始不能寫無我之境，此在豪傑之士能自樹立耳。

1 近刊馮延巳《陽春集箋》本載〈鵲踏枝〉（即〈蝶戀花〉）十四首，其第十二首（各本作歐陽修詞）云：「庭院深深深幾許？楊柳堆煙，簾幕無重數。玉勒雕鞍遊冶處，樓高不見章臺路。　雨橫風狂三月暮，門掩黃昏，無計留春住。淚眼問花花不語，亂紅飛過秋千去。」毛稚黃曰：「永叔詞，『淚眼問花花不語，亂紅飛過秋千去。』因花而有淚，此一層意也。因淚而問花，此一層意也。花竟不語，此一層意也。不但不語，又且亂落飛過秋千，此一層意也。人愈傷心，花愈惱人，語愈淺而意愈入，又絕無刻畫費力之跡，謂非層深而渾成耶。」《詞林紀事》謂：「淚眼」二句，似本唐嚴惲詩「盡日問花花不語，爲誰零落爲誰開」意。

2

《彊村叢書》本秦觀〈淮海居士長短句〉中，〈踏莎行〉云：「霧失樓臺，月迷津渡，桃源望斷無尋處。可堪孤館閉春寒，杜鵑聲裡斜陽暮。　驛寄梅花，魚傳尺素，砌成此恨無重數！郴江幸自繞郴山，爲誰流下瀟湘去？」宋翔鳳《樂府餘論》云：「《苕溪漁隱叢話》曰：少游〈踏莎行〉，爲郴州旅舍作也。黃山谷曰：此詞高絕。但斜陽暮爲重出，欲改斜陽爲簾櫳。范元實曰：只看孤館閉春寒，似無簾櫳。山谷曰：亭傳雖未有簾櫳，有亦無礙。范曰：詞本摹寫牢落之狀，若曰簾櫳，恐損初意。今《郴州志》竟改作斜陽度。余謂斜陽屬日，暮屬時，不爲累，何必改。東坡『回首斜陽暮』，美成『雁背斜陽紅欲暮』，可法也。按引東坡、美成語是也，分屬日時，則尚欠明析。《說文》：莫，日且冥也。從日在茻中（今作暮者俗）。是斜陽爲日斜時，暮爲日入時，言自日昃至暮，杜鵑之聲，亦云苦矣。山谷未解暮字，遂生轇轕。」

3 丁刊《全晉詩》卷六陶淵明〈飲酒詩〉第五首云：「結廬在人境，而無車馬喧。問君何能爾？心遠地自偏。采菊東籬下，悠然見南山。山氣日夕佳，飛鳥相與還。此中有眞意，欲辨已忘言。」《苕溪漁隱叢話》卷三云：「『采菊東籬下，悠然見南山。』則本自采菊，無意望山，適舉首而見之，故悠然忘情，趣閒而景遠。此未可於文字精粗間求之。」又引蔡寬夫《詩話》評此二句云：「此其閒遠自得之意，直若超然邈出宇宙之外。」

4 金元好問《遺山文集》卷一，〈潁亭留別詩〉云：「故人重分攜，臨流駐歸駕。乾坤展清眺，萬景若相借。北風三日雪，太素秉元化；九山鬱崢嶸，了不受陵跨；寒波淡淡起，白鳥悠悠下，懷歸人自急，物態本閒暇。壺觴負吟嘯，塵土足悲吒。回首亭中人，平林澹如畫。」

四

無我之境，人惟於靜中得之；有我之境，於由動之靜時得之。故一優美，一壯美也。

五

自然中之物互相關係，互相限制。然其寫之於文學及美術中也，必遺其關係限制之處。[1]故雖寫實家亦理想家也。又雖如何虛構之境，其材料必求之於自然，[2]而其構造亦必從自然之法律。故雖理想家亦寫實家也。

1　考自然界各物之存在，必有其存在之條件。然此物生存之條件，與彼物生存之條件，每呈現錯綜之狀態，既有相互之關係，復有個別之限制。任舉一花一草爲例：凡此花草之種種營養條件，如天時、土壤、水分以及其他營養料等，皆無非此花或此草與一切外物之關係；而此花或此草又有個別之限制，以表現其各種之特徵，如所具雌雄蕊之數以及顯花、隱花、單子葉生、雙子葉生等皆是。然此等並爲生物學家之所詳究，而爲文學家狀物時所略而不道者也。

2 案此指寫景文言之。

六

境非獨謂景物也，喜怒哀樂亦人心中之一境界。故能寫眞景物眞感情者，謂之有境界。否則謂之無境界。

七

「紅杏枝頭春意鬧[1]」，著一「鬧」字而境界全出；「雲破月來花弄影[2]」，著一「弄」字而境界全出矣。

1 《花庵絕妙詞選》卷三云：「宋子京名祁，張子野所稱『紅杏枝頭春意鬧』尚書者也。」〈玉樓春〉云：「東城漸覺春光好，縠皺波紋迎客棹。綠楊煙外曉寒輕，紅杏枝頭春意鬧。　浮生長恨歡娛少，肯愛千金輕一笑？爲君持酒勸斜陽，且向花間留晚照。」

2 《彊村叢書》本張先《子野詞》卷二，〈天仙子〉云：「水調數聲持酒聽，午醉醒來愁未醒。送春春去幾時回？臨晚鏡，傷流景，往事後期空記省。　沙上並禽池上暝，雲破月來花弄影。重重翠幕密遮燈，風不定，人初靜，明日落紅應滿徑。」

八

境界有大小，不以是而分優劣。「細雨魚兒出，微風燕子斜。[1]」何遽不若「落日照大旗，馬鳴風蕭蕭[2]」？「寶簾閒掛小銀鉤[3]」何遽不若「霧失樓臺，月迷津渡[4]」也？

1 《全唐詩》卷八杜甫〈水檻遣心〉第一首云：「去郭軒楹敞，無村眺望賒。澄江平少岸，幽樹晚多花。細雨魚兒出，微風燕子斜。城中十萬戶，此地兩三家。」

2 《全唐詩》卷八杜甫〈後出塞〉第二首云：「朝進東門營，暮上河陽橋。落日照大旗，馬鳴風蕭蕭。平沙列萬幕，部伍各見招。中天懸明月，令嚴夜寂寥。悲笳數聲動，壯士慘不驕。借問大將誰？恐是霍嫖姚。」

3 《彊村叢書》本秦觀《淮海居士長短句》中，〈浣溪沙〉第一首云：「漠漠輕寒上小樓，曉陰無賴似窮秋。淡煙流水畫屏幽。　自在飛花輕似夢，無邊絲雨細如愁。寶簾閒掛小銀鉤。」

4 秦觀〈踏莎行〉之句，已見前。

九

嚴滄浪《詩話》謂「盛唐諸公唯在興趣，羚羊掛角，無跡可求。故其妙處，透澈玲瓏，不可湊拍，如空中之音，相中之色，水中之影，鏡中之像，言有盡而意無窮。[1]」余謂北宋以前之詞亦復如是。然滄浪所謂「興趣」，阮亭所謂「神韻」，[2]猶不過道其面目，不若鄙人拈出「境界」二字爲探其本也。

1 宋嚴羽著《滄浪詩話》發爲興趣之論，蓋融合鍾嶸所謂勝語直尋及司空圖所謂味在酸鹽之外兩說而成。羚羊掛角一語，出《傳燈錄》；「雪峰云：我若東道西道，汝則尋言逐句，我若羚羊掛角，汝向什麼處捫摸！」按羚羊似羊而大，角有圓繞蹙文，夜則懸掛其角於木上，示無形跡可尋，以避患焉。

2 清王士禎阮亭著《漁洋詩話》，標稱神韻，以爲天然不可湊泊。而翁方綱則譏漁洋所謂神韻，乃李滄溟格調之改稱也。

一〇

太白純以氣象勝，「西風殘照，漢家陵闕[1]」寥寥八字，遂關千古登臨之口。後世唯范文正之〈漁家傲〉，[2]夏英公之〈喜遷鶯〉，[3]差足繼武，然氣象已不逮矣。

1　《全唐詩》卷三十二，《詞》二，載李白〈憶秦娥〉：「簫聲咽，秦娥夢斷秦樓月。秦樓月，年年柳色，灞陵傷別！　樂游原上清秋節，咸陽古道音塵絕。音塵絕，西風殘照，漢家陵闕。」按吳衡照《蓮子居詞話》卷一云：「唐詞〈菩薩蠻〉、〈憶秦娥〉二闋，花庵以後，咸以爲出自太白。然《李太白集》本不載，至楊齊賢、蕭士贇注，始附益之。胡應麟《少室山房筆叢》疑其僞託，未爲無見。謂詳其意調，絕類溫方城，殊不然。如『暝色入高樓，有人樓上愁』、『西風殘照，漢家陵闕』等語，神理高絕，卻非《金荃》手筆所能。」

2　《彊村叢書》本〈范文正公詩餘〉、〈漁家傲·秋思〉云：「塞下秋來風景異，衡陽雁去無留意。四面邊聲連角起，千嶂裡，長煙落日孤城閉。　濁酒一杯家萬里，燕然未勒歸無計。羌管悠悠霜滿地，人不寐，將軍白髮征夫淚。」《皺水軒詞荃》云：「盧陵譏范希文〈漁家傲〉爲窮塞主詞，自矜其『戰勝歸來飛捷奏，傾賀酒，玉階遙獻南山壽』，爲眞元帥之事。按宋以小詞爲樂府，被之管弦，往往傳於宮掖。范詞如『長煙落日孤城閉』、『羌管悠悠霜滿地』、『將軍白髮征夫淚』，令『綠樹碧簾相掩映，無人知道外邊寒』者聽之，知邊庭之苦如是，庶有所警觸，此深得〈釆薇〉、〈出車〉『楊柳雨雪』之意。若歐詞止於諛耳，何所感耶。」

3

《唐宋諸賢絕妙詞選》卷二，載夏英公竦〈喜遷鶯令〉、《注》云：「景德中，水殿按舞，英公翰林內直，上遣中使取新詞，公援毫立成以進，大蒙天獎。」詞云：「霞散綺，月垂鉤，簾卷未央樓。夜涼銀漢截天流，宮闕鎖清秋。　瑤臺樹，金莖露，鳳髓香盤煙霧。三千珠翠擁宸游，水殿按涼州。」《吳禮部詩話》云：「姚子敬嘗手選古今樂府一帙，以夏英公〈喜遷鶯〉宮詞爲冠，其詞富豔精工，誠爲絕唱。」（亦見楊慎《詞品》卷三）

一一

張皋文謂飛卿之詞深美閎約，[1]余謂此四字唯馮正中[2]足以當之。劉融齋謂飛卿精豔絕人，[3]差近之耳。

1 張惠言皋文《詞選．序》云：「唐之詞人，李白爲首，而溫庭筠（飛卿）最高，其言深美閎約。」《介存齋論詞雜著》云：「皋文曰『飛卿之詞，深美閎約。』信然。飛卿醞釀最深，故其言不怒不懾，備剛柔之氣。針鏤之密，南宋人始露痕跡，《花間》極有渾厚氣象，如飛卿則神理超越，不復可以跡象求矣，然細繹之，正字字有脈絡。」

2 《白雨齋詞話》卷一云：「馮正中（延巳）詞，極沉鬱之致，窮頓挫之妙，纏綿忠厚，與溫韋相伯仲也。」

3 劉融齋熙載《藝概》說。

一二

「畫屏金鷓鴣」，飛卿語也，[1]其詞品似之。「弦上黃鶯語」，端己語也，[2]其詞品亦似之。正中詞品，若欲於其詞句中求之，則「和淚試嚴妝」，[3]殆近之歟？

1 王國維輯溫庭筠（飛卿）《金荃詞·更漏子》云：「柳絲長，春雨細，花外漏聲迢遞。驚塞雁，起城烏，畫屏金鷓鴣。　香霧薄，透簾幕，惆悵謝家池閣。紅燭背，繡簾垂，夢長君不知。」

2 王國維輯蜀韋莊（端己）《浣花詞·菩薩蠻》第一首云：「紅樓別夜堪惆悵，香燈半卷流蘇帳。殘月出門時，美人和淚辭。　琵琶金翠羽，弦上黃鶯語。勸我早歸家，綠窗人似花。」

3 近刻馮延巳《陽春集箋》本載〈菩薩蠻〉九首，其第六首云：「嬌鬟堆枕釵橫鳳，溶溶春水楊花夢。紅燭淚闌干，翠屏煙浪寒。　錦壺催畫箭，玉佩天涯遠。和淚試嚴妝，落梅飛曉霜。」

一三

南唐中主詞「菡萏香銷翠葉殘，西風愁起綠波間。」[1]大有衆芳蕪穢，美人遲暮之感。乃古今獨賞其「細雨夢回雞塞遠，小樓吹徹玉笙寒。」[2]故知解人正不易得。

1 王國維輯《南唐中主詞．浣溪沙》第二首云：「菡萏香銷翠葉殘，西風愁起綠波間。還與韶光共憔悴，不堪看。　細雨夢回雞塞遠，小樓吹徹玉笙寒。多少淚珠無限恨，倚欄干。」

2 馮延巳答中主，稱其小樓一句。王安石以爲「一江春水向東流」未若細雨二句。

一四

溫飛卿之詞，句秀也。韋端己之詞，骨秀也。李重光之詞，神秀也。

一五

詞至李後主，而眼界始大，感慨遂深，遂變伶工之詞爲士大夫之詞。周介存置諸溫韋之下，可謂顛倒黑白矣。[1]「自是人生長恨水長東[2]」，「流水落花春去也，天上人間[3]」，《金荃》、[4]《浣花》[5]能有此氣象耶？

1 周介存濟《介存齋論詞雜著》云：「李後主詞，如生馬駒，不受控捉。王嬙西施，天下美婦人也，嚴妝佳，淡妝亦佳，粗服亂頭，不掩國色。飛卿，嚴妝也。端己，淡妝也。後主則粗服亂頭矣。」飛卿即溫庭筠，端己即韋莊。

2 王國維輯《南唐二主詞》李後主〈烏夜啼〉云：「林花謝了春紅，太匆匆！無奈朝來寒雨晚來風。　胭脂淚，相留醉，幾時重！自是人生長恨水長東！」

3 王國維輯《李後主詞．浪淘沙令》云：「簾外雨潺潺，春意闌珊。羅衾不耐五更寒。夢裡不知身是客，一晌貪歡！　獨自莫憑闌，無限江山，別時容易見時難！流水落花春去也，天上人間！」

4 《金荃》，溫庭筠集名。

5 《浣花》，韋莊集名。

一六

詞人者，不失其赤子之心者也。[1]**故生於深宮之中，長於婦人之手，是後主爲人君所短處，亦即爲詞人所長處。**

1 案此「赤子之心」，謂童心也。與《孟子》所謂「赤子之心」不同。此說可以王氏他篇之文證之：《靜庵文集．叔本華與尼采》篇引叔本華之《天才論》曰：「天才者，不失其赤子之心者也。蓋人生之七年後，知識之機關，即腦之質與量，已達完全之域，而生殖之機關，尚未發達。故赤子能感也，能思也，能教也，其愛知識也，較成人爲深；而其受知識也，亦視成人爲易。一言以蔽之曰：彼之知力盛於意志而已。即彼之知力作用，遠過於意志之所需要而已。故自某方面觀之，凡赤子皆天才也，又凡天才自某點觀之，皆赤子也。昔赫德（Herder）謂歌德（Goethe）曰巨孩。音樂大家莫札特（Mozart）亦終生不脫稚氣。施利希特格羅爾（Schichtegrolls）謂彼曰：彼於音樂，幼而驚其長老，然於一切他事，則壯而常有童心者也。」

一七

客觀之詩人不可不多閱世，閱世愈深則材料愈豐富愈變化；《水滸傳》、《紅樓夢》之作者是也。主觀之詩人不必多閱世，閱世愈淺則性情愈眞；李後主是也。

一八

尼采謂一切文學余愛以血書者。[1]後主之詞，眞所謂以血書者也。宋道君皇帝〈燕山亭〉[2]詞亦略似之。然道君不過自道身世之戚，後主則儼有釋迦基督擔荷人類罪惡之意，其大小固不同矣。

1 尼采（Nietzsche），德人，擅長哲學及藝術，富於破壞思想及革命精神，故其言如是。

2 宋徽宗禪位於皇太子，被尊爲教主道君太上皇帝，靖康二年，北狩。《彊村叢書》本《宋徽宗詞．燕山亭》云：「裁剪冰綃，輕疊數重，淡著燕脂勻注。新樣靚妝，豔溢香融，羞殺蕊珠宮女。易得凋零，更多少無情風雨，愁苦。閒院落淒涼，幾番春暮？　憑寄離恨重重，這雙燕，何曾會人言語？天遙地遠，萬水千山，知他故宮何處？怎不思量。除夢裡有時曾去，無據。和夢也新來不做。」

一九

馮正中詞雖不失五代風格，而堂廡特大，開北宋一代風氣，與中後二主詞皆在《花間》範圍之外，宜《花間集》[1]中不登其隻字也。

1 《花間集》十卷，後蜀趙崇祚編。

二〇

正中詞除〈鵲踏枝〉、〈菩薩蠻〉十數闋最烜赫外，[1]如〈醉花間〉之「高樹鵲銜巢，斜月明寒草[2]」。余謂韋蘇州之「流螢渡高閣[3]」，孟襄陽之「疏雨滴梧桐[4]」，不能過也。

1 近刻《陽春集箋》錄〈鵲踏枝〉（即〈蝶戀花〉）十四首，其第十一首，王氏下文又稱引之，茲錄以示例。詞曰：「幾日行雲何處去？忘卻歸來，不道春將暮。百草千花寒食路。香車繫在誰家樹？　淚眼倚樓頻獨語，雙燕飛來，陌上相逢否？撩亂春愁如柳絮，悠悠夢裡無尋處。」又馮氏〈菩薩蠻〉九首，上文已錄注其第六首，可參觀。

2 《陽春集》載〈醉花間〉四首，其第三首云：「晴雪小園春未到，池邊梅自早。高樹鵲銜巢（按巢字，《詞譜》作窠，《粟香室》本亦作窠），斜月明寒草。山川風景好，自古京陵道。少年看卻老。相逢莫厭醉金杯，別離多，歡會少！」

3 《全唐詩》卷七韋應物〈寺居獨夜寄崔主簿〉詩：「幽人寂不寐，木葉紛紛落，寒雨暗深更，流螢渡高閣。坐使青燈曉，還傷夏衣薄，寧知歲方晏，離居更蕭索。」應物曾爲蘇州刺史，故人稱韋蘇州。

4 《全唐詩》卷六收孟浩然斷句云：「微雲淡河漢，疏雨滴梧桐。」《注》云：「王士源云：『浩然常閒遊祕省。秋月新霽，諸英聯詩，次當浩然云云，舉坐嗟其清絕，不復爲綴。』」

二一

歐九〈浣溪沙〉詞「綠楊樓外出秋千」晁補之謂只一出字，便後人所不能道。[1]余謂此本於正中〈上行杯〉詞「柳外秋千出畫牆[2]」，但歐語尤工耳。

1 歐九即歐陽修。《復齋漫錄》云：「晁無咎（補之字）評本朝樂章云：『歐陽永叔〈浣溪沙〉云：「堤上遊人逐畫船，拍堤春水四垂天，綠楊樓外出秋千。」』（按此係前片。後片云：「白髮戴花君莫笑，六么催拍盞頻傳，人生何處似尊前？」）此等語絕妙。只一出字，自是著意道不到處。」

2 近刻《陽春集箋》本載〈上行杯〉云：「落梅著雨消殘粉，雲重煙輕寒食近。羅幕遮香，柳外秋千出畫牆。　春山顛倒釵橫鳳，飛絮入簾春睡重。夢裡佳期，只許庭花與月知。」

二二

梅舜俞〈蘇幕遮〉詞「落盡梨花春事了，滿地斜陽，翠色和煙老。」劉融齋謂少游一生似專學此種。[1]余謂馮正中[2]〈玉樓春〉詞「芳菲次第長相續，自是情多無處足，尊前百計得春歸，莫爲傷春眉黛促。」永叔一生似專學此種。

1 此梅堯臣〈蘇幕遮〉草結三句也。《詞綜》卷四錄其全詞云：「露堤平，煙墅杳，亂碧萋萋，雨後江天曉。獨有庾郎年最少，窣地春袍，嫩色宜相照。接長亭，迷遠道。堪怨王孫，不記歸期早。落盡梨花春又了，滿地殘陽，翠色和煙老。」按堯臣，字聖俞，作舜俞者，誤。「春又了」之「又」字誤作「事」，應正。

2 《陽春集》載〈玉樓春〉云：「雪雲乍變春雲簇，漸覺年華堪縱目。北枝梅蕊犯寒開，南浦波紋如酒綠。　芳菲次第長相續，自是情多無處足。尊前百計得春歸，莫爲傷春眉黛蹙。」

二三

人知和靖〈點絳脣〉，[1]舜俞〈蘇幕遮〉，永叔〈少年遊〉三闋[2]爲詠春草絕調，不知先有正中「細雨溼流光」五字，[3]皆能攝春草之魂者也。

1 《詞綜》卷四，林和靖〈點絳脣〉：「金谷年年，亂生春色誰爲主？餘花落處，滿地和煙雨。　又是離歌，一闋長亭暮。王孫去，萋萋無數，南北東西路。」

2 檢毛晉刻本《六一詞．少年遊》三首，無一詠春草者。《詞律》卷五收梅堯臣〈少年遊〉、《注》引紀昀據吳曾說，斷此詞爲歐陽修作。蓋詠春草也。詞云：「闌干十二獨憑春，晴碧遠連雲。千里萬里，二月三月，行色苦愁人。　謝家池上，江淹浦畔，吟魄與離魂，更那堪疏雨滴黃昏！更特地、憶王孫。」

3 《陽春集》載〈南鄉子〉云：「細雨溼流光，芳草年年與恨長。煙鎖鳳樓無限事，茫茫！鸞鏡鴛衾兩斷腸。　魂夢任悠揚，睡起楊花滿繡床。薄幸不來門半掩，斜陽！負你殘春淚幾行？」今人箋云：「細雨溼流光，實本溫庭筠〈荷葉杯〉『朝雨溼愁紅』，皇甫松〈怨回紇〉『紅露溼紅蕉』而來。」劉熙載云：「馮延巳詞，歐陽永叔得其深也。」

二四

《詩·蒹葭》一篇，[1]最得風人深致。晏同叔之「昨夜西風凋碧樹，獨上高樓，望盡天涯路。[2]」意頗近之。但一灑落，一悲壯耳。

1 《詩·秦風·蒹葭》：「蒹葭蒼蒼，白露為霜。所謂伊人，在水一方。溯洄從之，道阻且長；溯游從之，宛在水中央。 蒹葭萋萋，白露未晞。所謂伊人，在水之湄。溯洄從之，道阻且躋；溯游從之，宛在水中坻。 蒹葭采采，白露未已。所謂伊人，在水之涘。溯洄從之，道阻且右；溯游從之，宛在水中沚。」

2 毛晉刻本晏殊（同叔）《珠玉詞》載〈蝶戀花〉七首，其第六首云：「檻菊愁煙蘭泣露，羅幕輕寒，燕子雙飛去。明月不諳離恨苦，斜光到曉穿朱戶。昨夜西風凋碧樹，獨上高樓，望盡天涯路。欲寄采箋無尺素，山長水闊知何處？」

二五

「我瞻四方，蹙蹙靡所騁。[1]」詩人之憂生也。「昨夜西風凋碧樹，獨上高樓，望盡天涯路」似之。「終日馳車走，不見所問津。[2]」詩人之憂世也。「百草千花寒食路，香車繫在誰家樹[3]」似之。

1 《詩·小雅·節南山》第七章云：「駕彼四牡，四牡項領，我瞻四方，蹙蹙靡所騁。」

2 丁刊《全晉詩》卷六陶淵明〈飲酒詩〉第二十首云：「羲農去我久，舉世少復眞。汲汲魯中叟，彌縫使其淳。鳳鳥雖不至，禮樂暫得新。洙泗輟微響，漂流逮狂秦。詩書復何罪，一朝成灰塵！區區諸老翁，爲事誠殷勤。如何絕世下，六籍無一親？終日馳車走，不見所問津。若復不快飲，空負頭上巾。但恨多謬誤，君當恕醉人。」

3 馮延巳〈鵲踏枝〉（即〈蝶戀花〉）第十一首之句，已見前注。

二六

古今之成大事業大學問者，必經過三種之境界。「昨夜西風凋碧樹，獨上高樓，望盡天涯路。」此第一境也。「衣帶漸寬終不悔，爲伊消得人憔悴。」[1]此第二境也。「衆裡尋他千百度，回頭驀見，那人正在燈火闌珊處。」[2]此第三境也。此等語皆非大詞人不能道。然遽以此意解釋諸詞，恐晏歐諸公所不許也。

1 《彊村叢書》本柳永（初名三變，字耆卿）《樂章集》中卷，〈鳳棲梧〉其二云：「佇立危樓風細細，望極春愁，黯黯生天際。草色煙光殘照裡，無言誰會憑欄意。　擬把疏狂圖一醉，對酒當歌，強樂還無味。衣帶漸寬終不悔，爲伊消得人憔悴。」

2 毛晉刻本辛棄疾《稼軒詞》卷三，載〈青玉案〉云：「東風夜放花千樹，更吹落星如雨。寶馬雕車香滿路，鳳簫聲動，玉壺光轉，一夜魚龍舞。　蛾兒雪柳黃金縷，笑語盈盈暗香去，衆裡尋他千百度，驀然回首，那人卻在燈火闌珊處。」王引有異文，或由未展原書，僅憑記憶耶？

二七

永叔「人間自是有情痴，此恨不關風與月。直須看盡洛城花，始與東風容易別。」[1]於豪放之中有沉著之致，所以尤高。

1 毛晉刻本歐陽永叔《六一詞》載〈玉樓春〉二十九調，其第四調云：「尊前擬把歸期說，未語春容先慘咽。人生自是有情痴，此恨不關風與月。離歌且莫翻新闋，一曲能教腸寸結，直須看盡洛城花，始共春風容易別。」王引亦間有異文。

二八

馮夢華《宋六十一家詞選・序例》謂「淮海小山古之傷心人也，其淡語皆有味，淺語皆有致[1]。」余謂此唯淮海足以當之。[2]小山矜貴有餘，但可方駕子野、方回，未足抗衡淮海也。

1 今人馮夢華，名煦，有《六十一家詞選》。

2 《白雨齋詞話》卷六引喬笙巢云：「少游詞，寄慨身世，閒雅有情思，酒邊花下，一往情深，而言悱不亂，悄乎得《小雅》之遺。」《彊村叢書》本《淮海居士長短句》上，〈滿庭芳〉云：「山抹微雲，天連衰草，畫角聲斷譙門。暫停征棹，聊共引離尊。多少蓬萊舊事，空回首，煙靄紛紛。斜陽外，寒鴉萬點，流水繞孤村。　銷魂當此際，香囊暗解，羅帶輕分，謾贏得青樓薄倖名存。此去何時見也？襟袖上、空惹啼痕，傷情處，高城望斷，燈火已黃昏。」此詞多淺淡之語，而味致甚永。（少游「寒鴉」、「流水」二語，出隋煬帝〈野望〉詩。見《升庵詩話》卷十）

二九

少游詞境最淒婉，至「可堪孤館閉春寒，杜鵑聲裡斜陽暮。」[1]則變而淒厲矣。東坡賞其後二語，[2]猶爲皮相。

1 二句見〈踏莎行〉詞，前注已錄其全詞。

2 即「郴江」二句。

三〇

「風雨如晦，雞鳴不已。[1]」「山峻高以蔽日兮，下幽晦以多雨，霰雪紛其無垠兮，雲霏霏而承宇。[2]」「樹樹皆秋色，山山盡落暉。[3]」「可堪孤館閉春寒，杜鵑聲裡斜陽暮。」氣象皆相似。

1 《詩．鄭風．風雨》第三章：「風雨如晦，雞鳴不已。既見君子，雲胡不喜？」

2 四句見《楚辭．九章．涉江》中。王逸注：「垠，畔岸也。」朱熹注：「宇，屋簷也。」陳本禮云：「此正被放之所。」

3 《全唐詩》卷二王績〈野望〉詩云：「東皋薄暮望，徙倚欲何依？樹樹皆秋色，山山唯落暉。牧人驅犢返，獵馬帶禽歸。相顧無相識，長歌懷采薇。」王引間有異文。

三一

昭明太子稱陶淵明詩「跌宕昭彰，獨超衆類，抑揚爽朗，莫之與京。」[1]王無功稱薛收賦「韻趣高奇，詞義曠遠，嵯峨蕭瑟，眞不可言。」[2]詞中惜少此二種氣象，前者惟東坡，後者惟白石，略得一二耳。

1 按此數語見昭明太子蕭統所撰〈陶淵明集序〉，言其辭興婉愜也。

2 按此數語，言其骨之奇勁也。劉熙載《藝概》卷三云：「王無功謂薛收〈白牛溪賦〉，韻趣高奇，詞義曠遠，嵯峨蕭瑟，眞不可言。余謂賦之足當此評者，蓋不多有，前此其惟小山〈招隱士〉乎？」

三二

詞之雅鄭，在神不在貌。永叔、少游雖作豔語，終有品格。方之美成，[1]便有淑女與倡伎之別。

1 《藝概》卷四云：「周美成詞，或稱其無美不備。余謂論詞莫先於品，美成詞信富豔精工，只是不得個貞字，是以士大夫不肯學之，學之則不知終日意縈何所矣。」

三三

美成深遠之致不及歐秦，唯言情體物，窮極工巧，故不失爲一流之作者。但恨創調之才多，創意之才少耳。

三四

詞忌用替代字。美成〈解語花〉之「桂華流瓦[1]」境界極妙，惜以「桂華」二字代替「月」耳，夢窗以下，則用代字更多。[2]其所以然者，非意不足，則語不妙也。蓋意足則不暇代，語妙則不必代。此少游之「小樓連苑，繡轂雕鞍」所以爲東坡所譏也。[3]

1 《彊村叢書》本周邦彥《片玉集》卷之七〈解語花．元宵〉云：「風銷焰蠟，露浥烘爐，花市光相射。桂華流瓦。纖雲散，耿耿素娥欲下。衣裳淡雅，看楚女纖腰一把。簫鼓喧人影參差，滿路飄香麝。　因念都城放夜，望千門如畫，嬉笑遊冶。鈿車羅帕，相逢處，自有暗塵隨馬。年光是也，唯只見舊情衰謝。清漏移飛蓋歸來，從舞休歌罷。」

2 按前於夢窗（吳文英）者，如張先〈菩薩蠻〉云：「纖纖玉筍橫孤竹」，以「玉筍」代手，以「孤竹」代樂器。〈慶金枝〉云：「抱雲勾雪近燈看」，以「雲」、「雪」代女子玉體皆是。是代字不必在夢窗後始多用也。

3

《彊村叢書》本秦觀《淮海居士長短句》上，〈水龍吟〉云：「小樓連苑橫空，下窺繡轂雕鞍驟。朱簾半捲，單衣初試，清明時候。破暖輕風，弄晴微雨，欲無還有。賣花聲過盡斜陽院落，紅成陣飛鴛甃。　玉佩丁東別後，悵佳期參差難又。名韁利鎖，天還知道，和天也瘦。花下重門，柳邊深巷，不堪回首！念多情，但有當時皓月，向人依舊！」劉熙載《藝概》云：「少游〈水龍吟〉『小樓連苑橫空，下窺繡轂雕鞍驟』，東坡譏之云：『十三個字只說得一個人騎馬樓前過』，語極解頤。」

三五

沈伯時[1]《樂府指迷》云：「說桃不可直說破『桃』，須用『紅雨[2]』、『劉郎[3]』等字；「說柳不可直說破『柳』，須用『章臺[4]』、『霸岸[5]』等字……」若惟恐人不用代字者。果以是爲工，則古今類書具在，又安用詞爲耶。宜其爲《提要》[6]所譏也。

1 宋沈伯時名義父，撰《樂府指迷》一卷。

2 《致虛閣雜俎》云：「唐天寶十三年，宮中下紅雨，色如桃。」

3 唐劉禹錫詩：「紫陌紅塵拂面來，無人不道看花回。玄都觀裡桃千樹，盡是劉郎去後栽。」又詩曰：「百畝庭中半是苔，桃花淨盡菜花開。種桃道士歸何處？前度劉郎今獨來。」

4 《全唐詩》卷九，韓翃〈寄柳氏詩〉云：「章臺柳，章臺柳，顏色青青今在否？縱使長條如舊垂，也應攀折他人手。」

5 霸岸，謂霸陵岸也。霸，一作灞。王粲〈七哀詩〉云：「南登霸陵岸，回首望長安。」指此。《三輔黃圖》云：「灞橋在長安，東漢人送客至此，手折柳贈別。名曰銷魂橋。」蓋橋旁兩岸，多植柳樹，故詠柳輒及之。《佩文韻府·十五翰》「灞岸」條下，引戎昱詩云：「楊柳含煙灞岸春，年年攀折爲行人。」靳《注》又引羅隱詩云：「柳攀霸岸狂遮袂，水憶池陽淥滿心。」（按此羅隱〈送進士臧濆下第後歸池州〉句。）

6

《四庫·樂府指迷·提要》云：「又謂說桃須用紅雨劉郎等字，說柳須用章臺灞岸等字，說書須用銀鉤等字，說淚須用玉箸等字，說髮須用絳雲等字，說簟須用湘竹等字，不可直說破。其意欲避鄙俗，而不知轉成塗飾，亦非確論。」

三六

美成〈青玉案〉詞：「葉上初陽乾宿雨，水面清圓，一一風荷舉。[1]」此眞能得荷之神理者。覺白石〈念奴嬌〉、〈惜紅衣〉二詞猶有隔霧看花之恨。[2]

1　《彊村叢書》本周邦彥《片玉集》卷之四，〈蘇幕遮〉云：「燎沉香，銷溽暑。鳥雀呼晴，侵曉窺簷語。葉上初陽乾宿雨，水面清圓，一一風荷舉。故鄉遙，何日去？家住吳門，久作長安旅。五月漁郎相憶否？小楫輕舟，夢入芙蓉浦。」按〈青玉案〉調名，當爲〈蘇幕遮〉之誤，應正。

2　《彊村叢書》本《白石道人歌曲》卷之四，載〈念奴嬌〉云：「鬧紅一舸，記來時常與，鴛鴦爲侶。三十六陂人未到，水佩風裳無數。翠葉吹涼，玉容消酒，更灑菰蒲雨。嫣然搖動，冷香飛上詩句。　日暮青蓋亭亭，情人不見，爭忍凌波去。只恐舞衣寒易落，愁入西風南浦。高柳垂陰，老魚吹浪，留我花間住。田田多少，幾回沙際歸路？」又卷之五，載〈惜紅衣〉云：「簟枕邀涼，琴書換日，睡餘無力。細灑冰泉，並刀破碧。牆頭喚酒，誰問訊，城南詩客岑寂？高柳晚蟬，說西風消息。　虹梁水陌，魚浪吹香，紅衣半狼藉。維舟試望，故國渺天北。可惜渚邊沙外，不共美人遊歷。問甚時，同賦三十六陂秋色？」按白石二首，亦並詠荷花，其曰舞衣，曰紅衣，蓋用擬人之格，未若美成直抒物理也。

三七

東坡〈水龍吟．詠楊花〉，[1]和韻而似原唱；章質夫詞[2]原唱而似和韻，才之不可強也如是。

1 《彊村叢書》本蘇軾《東坡樂府》卷二，〈水龍吟．次韻章質夫楊花詞〉云：「似花還似非花，也無人惜從教墜。拋家傍路，思量卻似，無情有思。縈損柔腸，困酣嬌眼，欲開還閉。夢隨風萬里，尋郎去處，又還被，鶯呼起。不恨此花飛盡，恨西園落紅難綴。曉來雨過，遺蹤何在？一池萍碎。春色三分，二分塵土，一分流水。細看來，不是楊花，點點是離人淚！」

2 《詞綜》卷七章楶（字質夫）〈水龍吟．柳花〉云：「燕忙鶯懶芳殘，正堤上、柳花飄墜。輕飛亂舞，點畫青林，全無才思。閒趁遊絲，靜臨深院，日長門閉。傍珠簾散漫，垂垂欲下，依前被風扶起。　蘭帳玉人睡覺，怪春衣雪沾瓊綴。繡床漸滿，香球無數，才圓卻碎。時見蜂兒，仰粘輕粉，魚吞池水。望章臺路杳，金鞍遊蕩，有盈盈淚！」

三八

詠物之詞，自以東坡〈水龍吟〉爲最工。邦卿〈雙雙燕〉次之。[1]白石〈暗香〉、〈疏影〉[2]格調雖高，然無一語道著，視古人「江邊一樹垂垂發[3]」等句何如耶？

1 《詞源》卷下〈詠物門〉云：「詩難於詠物，詞爲尤難，體認稍眞，則拘而不暢。模寫差遠，則晦而不明。要須收縱聯密，用事合題，一段意思，全在結句，斯爲絕妙。」叔夏並舉史邦卿〈東風第一枝·詠春雪〉、〈綺羅香·詠春雨〉、〈雙雙燕·詠燕〉諸詞爲佳例，惟不及東坡〈水龍吟〉。檢《彊村叢書》本《東坡樂府·水龍吟》凡六首：卷一載〈水龍吟·贈趙晦之〉一首。卷二載〈水龍吟·閭丘大夫〉一首，又〈水龍吟·昔謝自然〉一首。又〈水龍吟·次韻章質夫楊花詞〉一首。卷三載〈水龍吟〉一首，又一首舊題作「〈詠雁〉」。六首中詠物詞僅〈次韻〉及〈詠雁〉二首，尤以《次韻》爲工，詞已見前。史邦卿（達祖）〈雙雙燕〉云：「過春社了，度簾幕中間，去年塵冷。差池欲住，試入舊巢相並。還相雕梁藻井，又軟語商量不定。飄然快拂花梢，翠尾分開紅影。　芳徑，芹泥雨潤。愛貼地爭飛，競誇輕俊。紅樓晚歸，看足柳昏花暝。應自棲香正穩，便忘了天涯芳信。愁損翠黛雙蛾，日日畫闌獨憑。」

2

《詞源》卷下〈意趣門〉，舉姜白石（夔）〈暗香〉、〈疏影〉二首以爲皆清空中有意趣。〈暗香〉云：「舊時月色，算幾番照我，梅旁吹笛？喚起玉人，不管清寒與攀摘。何遜而今漸老，都忘卻春風詞筆。但怪得竹外疏花，香冷入瑤席。　江國，正寂寂，歎寄與路遙，夜雪初積。翠樽易泣，紅萼無言耿相憶。長記曾攜手處，千樹壓西湖寒碧，又片片吹盡也，幾時見得？」〈疏影〉云：「苔枝綴玉，有翠禽小小，枝上同宿。客裡相逢，籬角黃昏，無言自倚修竹。昭君不慣胡沙遠，但暗憶江南江北。想佩環月夜歸來，化作此花幽獨。　猶記深宮舊事，那人正睡裡，飛近蛾綠。莫似春風，不管盈盈，早與安排金屋。還教一片隨波去，又卻怨玉龍哀曲。等恁時重覓幽香，已入小窗橫幅。」（二詞均在《彊村叢書》本《白石道人歌曲》

卷之五。）

3

杜甫〈和裴迪登蜀州東亭送客逢早梅相憶見寄〉：「東閣官梅動詩興，還如何遜在揚州。此時對雪遙相憶，送客迎春可自由。幸不折來傷歲暮，若爲看去亂鄉愁。江邊一樹垂垂發，早夕催人自白頭。」

三九

白石寫景之作，如「二十四橋仍在，波心蕩冷月無聲[1]」，「數峰清苦，商略黃昏雨[2]」，「高樹晚蟬，說西風消息[3]」，雖格韻高絕，然如霧裡看花，終隔一層。梅溪、夢窗諸家寫景之病，皆在一「隔」字。北宋風流，渡江遂絕，抑眞有運會存乎其間耶？

1 《彊村叢書》本《白石道人歌曲》卷之五，〈自度曲〉云：「淮左名都，竹西佳處，解鞍少駐初程。過春風十里，盡薺麥青青。自胡馬窺江去後，廢池喬木，猶厭言兵。漸黃昏，清角吹寒，都在空城。　杜郎俊賞，算而今重到須驚。縱豆蔻詞工，青樓夢好，難賦深情。二十四橋仍在，波心蕩冷月無聲。念橋邊紅藥，年年知爲誰生？」

2 《彊村叢書》本《白石道人歌曲》卷之三，〈點絳唇〉第一首云：「燕雁無心，太湖西畔隨雲去。數峰清苦，商略黃昏雨。　第四橋邊，擬共天隨住，今何許？憑欄懷古，殘柳參差舞。」

3 二句見上引〈惜紅衣〉詞。「高樹」一作「高柳」。

四〇

問「隔」與「不隔」之別，曰：陶謝之詩不隔，延年則稍隔矣；[1] 東坡之詩不隔，山谷則稍隔矣。[2]「池塘生春草」，[3]「空梁落燕泥」[4] 等二句，妙處唯在不隔，詞亦如是。即以一人一詞論，如歐陽公〈少年遊．詠春草〉上半闋云：「闌干十二獨憑春，晴碧遠連雲，二月三月，千里萬里，行色苦愁人。」[5] 語語都在目前，便是不隔；至云：「謝家池上，江淹浦畔」，則隔矣。[6] 白石〈翠樓吟〉：「此地宜有詞仙，擁素雲黃鶴，與君遊戲，玉樓凝望久，歎芳草萋萋千里」，便是不隔；至「酒祓清愁，花消英氣」，則隔矣。[7] 然南宋詞，雖不隔處，比之前人，自有淺深厚薄之別。

1 蕭統評淵明之詩，爲抑揚爽朗，莫之與京。鮑照評靈運之詩，如初日芙蓉，自然可愛，曰爽朗，曰自然，即此所謂不隔也。

2 湯惠休評顏延年詩，如錯采鏤金。蓋病其雕繪過甚，即有勝義，難以直尋。此王氏所以謂之隔也。

3 沈德潛評東坡詩筆超曠，等於天馬脫羈，飛躚遊戲，窮極變幻，而適如意中所欲出。趙翼評東坡之詩，爽如哀梨，快如並剪，有必達之隱，無難顯之情。並足證東坡詩之不隔也。陳後山謂山谷學杜，過於出奇，不如杜之遇物而奇。沈德潛則以太生目之。過於出奇與太生云者，蓋指摘其失自然之義。即此山谷稍隔之說也。《許彥周詩話》引林艾軒云：「丈夫見客，大踏步便出去；若女子便有許多妝裡。此坡谷之別也。」喻蘇爽黃澀尤顯。

4 丁刊《全宋詩》卷三謝靈運〈登池上樓〉云：「潛虯媚幽姿，飛鴻響遠音。薄宵愧雲浮，棲川怍淵沉。進德智所拙，退耕力不任。徇祿反窮海，臥痾對空林。衾枕昧節候，褰開暫窺臨。傾耳聆波瀾，舉目眺嶇嶔。初景革緒風，新陽改故陰。池塘生春草，園柳變鳴禽。祁祁傷豳歌，萋萋感楚吟。索居易永久，離群難處心。持操豈獨古，無悶征在今。」

5 丁刊《全隋詩》卷二薛道衡〈昔昔鹽〉云：「垂柳覆金堤，蘼蕪葉復齊。水溢芙蓉沼，花飛桃李蹊。採桑秦氏女，織錦竇家妻。關山別蕩子，風月守空閨。恆斂千金笑，長垂雙玉啼。盤龍隨鏡隱，彩鳳逐帷低。飛魂同夜鵲，倦寢憶晨雞。暗牖懸蛛網，空梁落燕泥。前年過代北，今歲往遼西。一去無消息，那能惜馬蹄！」

6 〈少年遊〉詞全文，已見前注。「謝家池上」，用謝靈運「池塘生春草」句典；「江淹浦畔」，用江淹〈別賦〉「春草碧色，春水綠波，送君南浦，傷如之何」四句。謝江原作，皆妙見興象，歐詞則鑿死妙語，意晦趣隔矣。

7 《彊村叢書》本《白石道人歌曲》卷之六，自製曲，〈翠樓吟〉云：「月冷龍沙，塵清虎落，今年漢酺初賜。新翻胡部曲，聽氈幕元戎歌次。層樓高峙。看檻曲縈紅，簷牙飛翠，人姝麗。粉香吹下，夜寒風細。　此地宜有詞仙，擁素雲黃鶴，與君遊戲。玉樓凝望久，歎芳草萋萋千里。天涯情味，仗酒祓清愁，花消英氣。西山外，晚來還捲，一簾秋霽。」

四一

「生年不滿百，常懷千歲憂，晝短苦夜長，何不秉燭遊？[1]」「服食求神仙，多爲藥所誤，不如飲美酒，被服紈與素。[2]」寫情如此，方爲不隔。「采菊東籬下，悠然見南山，山氣日夕佳，飛鳥相與還。」「天似穹廬，籠蓋四野，天蒼蒼，野茫茫，風吹草低見牛羊。[3]」寫景如此，方爲不隔。

1 《文選．古詩十九首》第十五首云：「生年不滿百，常懷千歲憂，晝短苦夜長，何不秉燭遊？爲樂當及時，何能待來茲！愚者愛惜費，但爲後世嗤。仙人王子喬，難可與等期！」

2 《文選．古詩十九首》第十三首云：「驅車上東門，遙望郭北墓。白楊何蕭蕭，松柏夾廣路。下有陳死人，杳杳即長暮。潛寐黃泉下，千載永不悟。浩浩陰陽移，年命如朝露。人生忽如寄，壽無金石固。萬歲更相送，聖賢莫能渡。服食求神仙，多爲藥所誤，不如飲美酒，被服紈與素。」

3 丁刊《全北齊詩》斛律金〈敕勒歌〉云：「敕勒川，陰山下，天似穹廬，籠蓋四野。天蒼蒼，野茫茫，風吹草低見牛羊。」

四二

古今詞人格調之高無如白石。惜不於意境上用力，故覺無言外之味，弦外之響，終不能與於一流作者也。

四三

南宋詞人，白石有格而無情，劍南[1]有氣而乏韻。其堪與北宋人頡頏者，唯一幼安耳。近人祖南宋而祧北宋，以南宋之詞可學，北宋不可學也。學南宋者，不祖白石，則祖夢窗，以白石夢窗可學，幼安不可學也。學幼安者率祖其粗獷滑稽，以其粗獷滑稽處可學，佳處不可學也。幼安之佳處，在有性情，有境界，即以氣象論，亦有「橫素波干青雲[2]」之概。寧後世齷齪小生所可擬耶？

1 劍南即陸游。

2 蕭統《陶淵明集·序》云：「橫素波而傍流，干青雲而直上。」

四四

東坡之詞曠，[1]稼軒之詞豪。[2]無二人之胸襟而學其詞，猶東施之效捧心也。

1 《藝概》云：「東坡詞具神仙出世之姿。」

2 《藝概》云：「稼軒詞龍騰虎擲，《宋史·本傳》稱其雅善長短句，悲壯激烈。」

四五

讀東坡、稼軒詞，須觀其雅量高致，有伯夷柳下惠之風。白石雖似蟬蛻塵埃，然終不免局促轅下。

四六

蘇辛詞中之狂，白石猶不失爲狷，若夢窗、梅溪、玉田、草窗、中麓輩。面目不同，同歸於鄉愿而已。[1]

1 按狂者進取，狷者則有所不爲，雖非中道之士，而孔門固猶有取蘇辛之詞，大抵皆具豪放之致，而白石之詞，劉熙載譬諸「藐姑冰雪」，其與蘇辛之異，亦猶狷之殊狂也。至吳文英（夢窗）、史達祖（梅溪）、張炎（玉田）、周密（草窗）及明人李開先（中麓）之詞，大抵好修爲常，性靈漸隱，亦猶鄉愿之色厲內荏，似是而非。害德害文，不妨同喻。

四七

稼軒中秋飲酒達旦，用〈天問〉體作〈木蘭花慢〉[1]以送月曰：「可憐今夕月，向何處，去悠悠？是別有人間，那邊才見，光景東頭。」詞人想像，眞悟月輪繞地之理，與科學家密合，可謂神悟。

1 四印齋刻本辛棄疾《稼軒詞》卷四，載〈木蘭花慢〉云：「可憐今夕月，向何處，去悠悠？是別有人間，那邊才見，光景東頭？是天外空汗漫，但長風浩浩送中秋。飛鏡無根誰繫？嫦娥不嫁誰留？　謂經海底問無由？恍惚使人愁。怕萬里長鯨，縱橫觸破，玉殿瓊樓。蝦蟆故堪浴水間，云何玉兔解沉浮？若道都齊無恙，云何漸漸如鉤？」

四八

周介存謂「梅溪詞中喜用偷字，足以定其品格。[1]」劉融齋謂「周旨蕩而史意貪。[2]」此二語令人解頤。

1 語見周濟《介存齋論詞雜著》。

2 《藝概》云：「周美成律最精審，史邦卿句最警鍊，然未得爲君子之詞者，周旨蕩而史意貪也。」

四九

介存謂「夢窗詞之佳者如水光雲影，搖盪綠波，撫玩無極，追尋已遠。」余覽《夢窗甲乙丙丁稿》[1]中，實無足當此者；有之，其「隔江人在雨聲中，晚風菰葉生秋怨」[2]二語乎？

1 《夢窗甲乙丙丁稿》，毛氏汲古閣刻。

2 《彊村叢書》本吳文英《夢窗詞集補．踏莎行》云：「潤玉籠綃，檀櫻倚扇，繡圈猶帶脂香淺。榴心空疊舞裙紅，艾枝應壓愁鬟亂。　午夢千山，窗陰一箭，香般新褪紅絲腕。隔江人在雨聲中，晚風菰葉生秋怨。」

五〇

夢窗之詞，余得取其詞中一語以評之曰：「映夢窗凌亂碧。」[1]玉田之詞，余得取其詞中之一語以評之曰：「玉老田荒」。[2]

1 《彊村叢書》本吳文英《夢窗詞集．秋思》云：「堆枕香鬟側，驟夜聲，偏稱畫屏秋色。風碎串珠，潤侵歌板，愁壓眉窄。動羅箑清商，寸心低訴，敘怨抑，映夢窗零亂碧。待漲綠春深，落花香泛，料有斷紅流處，暗題相憶。歡酌，簷花細滴，送故人粉黛重飾。漏侵瓊瑟，丁東敲斷，弄晴月白。怕一曲〈霓裳〉未終，催去驂鳳翼。歎謝客猶未識，漫瘦卻東陽，燈前無夢到得，路隔重雲雁北。」

2 《彊村叢書》本張炎（玉田）《山中白雲詞》卷八，〈踏莎行．跋寄傲詩集〉云：「水落槎枯，田荒玉碎，夜闌秉燭驚相對。故家人物已無傳，一燈卻照清江外。　色展天機，光搖海貝，錦囊日月奚童背，重逢何處撫孤松？共吟風月西湖醉。」靳《注》云：「田荒當爲田荒玉碎之意引。」

五一

「明月照積雪[1]」，「大江流日夜[2]」，「中天懸明月[3]」，「黄河落日圓[4]」，此種境界，可謂千古壯觀。求之於詞，唯納蘭容若塞上之作，如〈長相思〉之「夜深千帳燈[5]」，〈如夢令〉之「萬帳穹廬人醉，星影搖搖欲墜[6]」，差近之。

1 丁刊《全宋詩》卷三：謝靈運〈歲暮〉，「殷憂不能寐，苦此夜難頹。明月照積雪，朔風勁（或作清）且哀。運往無淹物，年逝覺已（或作易）催。」

2 丁刊《全齊詩》卷三：謝朓〈暫使下都夜發新林至京邑贈西府同僚〉，「大江流日夜，客心悲未央。徒念關山近，終知返路長。秋河曙耿耿，寒渚夜蒼蒼。引領見京室，宮雉正相望。金波麗鳷鵲，玉繩低建章。驅車鼎門外，思見昭丘陽。馳暉不可接，何況隔兩鄉！風雲有鳥路，江漢限無梁。常恐鷹隼擊，時菊委嚴霜。寄言罻羅者，寥廓已高翔！」朓字玄暉，南齊下邳人，與靈運等同爲玄之後。

3 杜甫〈出塞〉內句也，全詩見前。

4 《全唐詩》卷五王維〈使至塞上〉云：「單車欲問邊，屬國過居延（一作銜命辭天闕，單車欲問邊）。征蓬出漢塞，歸雁入胡天。大漠孤煙直，長河落日圓。蕭關逢候吏（一作騎），都護在燕然。」王引偶有異文。

5 納蘭容若《飲水詞》卷上，載〈長相思〉云：「山一程，水一程，身向榆關那畔行？夜深千帳燈。　風一更，雪一更，聒碎鄉心夢不成，故園無此聲！」

6 《納蘭詞補遺》，載〈如夢令〉云：「萬帳穹廬人醉，星影搖搖欲墜。歸夢隔狼河，又被河聲攪碎。還睡，還睡，解道醒來無謂。」

五二

納蘭容若以自然之眼觀物，以自然之舌言情。此由初入中原，未染漢人風氣，故能眞切如此。北宋以來，一人而已。

五三

陸放翁跋《花間集》，謂：「唐季五代詩愈卑，而倚聲輒簡古可愛。能此不能彼，未可以理推也。」《提要》駁之，謂：「猶能舉七十斤者，舉百斤則蹶，舉五十斤則運掉自如。」其言甚辨。[1]然謂詞必易於詩，余未敢信。善乎陳臥子[2]之言曰：「宋人不知詩而強作詩，故終宋之世無詩。然其歡愉愁苦之致，動於中而不能抑者，類發於詩餘，故其所造獨工。」五代詞之所以獨勝，亦以此也。

1 《四庫提要》云：「《花間集》後有陸游二〈跋〉：其一稱斯時天下岌岌，士大夫乃流宕如此，或者出於無聊。不知惟士大夫流宕如此，天下所以岌岌。游未返思其本耳。其二稱唐季五代詩愈卑，而倚聲者輒簡古可愛。能此不能彼，未易以理推也（參看卷下六七「詩至唐中葉以後」條注2）。不知文之體格有高卑，人之學力有強弱。學力不足副其體格，則舉之不足；學力足以副其體格，則舉之有餘。律詩降於古詩，故中晚唐古詩多不工，而律詩則時有佳作；詞又降於律詩，故五季人詩不及唐，詞乃獨勝。此猶能舉七十斤者舉百斤則蹶；舉五十斤則運掉自如。有何不可理推乎？」

2　陳臥子，名子龍，更字人中，號大樽，明松江華亭人。有《詩問略》行世（參看卷下六七「詩至唐中葉以後」條注2，頁079）。

五四

四言敝而有《楚辭》，《楚辭》敝而有五言，五言敝而有七言，古詩敝而有律絕，律絕敝而有詞。蓋文體通行既久，染指遂多，自成解脫。一切文體所始盛中衰者，皆由於此。故謂文學後不如前，余未敢信。但就一體論，則此說固無以易也。

五五

詩之三百篇十九首，詞之五代、北宋，皆無題也；非無題也，詩詞其意，不能以題盡之也。自《花庵》、[1]《草堂》[2]每調立題，並古人無題之詞亦爲作題。如觀一幅佳山水，而即曰此某山某河，可乎？詩有題而詩亡，詞有題而詞亡。然中材之士，鮮能知此而自振拔矣。

1 《花庵》，詞選名，宋黃昇編，凡二十卷。前十卷名《唐宋諸賢絕妙詞選》，始於唐李白，終於北宋王昂；方外閨秀各爲一卷附焉。後十卷曰《中興以來絕妙詞選》，始於康與之，終於黃昇。黃昇，字叔陽，號玉林，閩人。

2 《草堂》即《草堂詩餘》，武林逸史編。詞家有小令中調長調之分，自此書始。凡四卷。武林逸史不詳何人。此書舊傳爲南宋人所編。

五六

大家之作，其言情也必沁人心脾；其寫景也必豁人耳目；其辭脫口而出，無矯揉妝束之態。以其所見者眞，所知者深也。詩詞皆然。持以衡古今之作者，可無大誤矣。

五七

人能於詩詞中不爲美刺投贈之篇，不使隸事之句，不用粉飾之字，則於此道已過半矣。

五八

以〈長恨歌〉之壯采，而所隸之事，只「小玉雙成」四字，才有餘也。梅村歌行，則非隸事不辦。[1]白吳優劣，即於此見。不獨作詩為然，塡詞家亦不可不知也。

1　按如吳梅村偉業〈圓圓曲〉，使事固多，亦由避觸時忌使然。白樂天〈長恨歌〉，則有陳鴻之傳在前，故能運以輕靈。勢有不同，未可遽判其優劣。

五九

近體詩體制，以五七言絕句為最尊；律詩次之；排律最下。蓋此體於寄興言情兩無所當，殆有韻之駢體文耳。詞中小令如絕句，長調如律詩，若長調之〈百字令〉、〈沁園春〉等，則近於排律矣。

六〇

詩人對宇宙人生，須入乎其內，又須出乎其外。入乎其內，故能寫之；出乎其外，故能觀之。入乎其內，故有生氣；出乎其外，故有高致。美成能入而不出，白石以降，於此二事皆未夢見。

六一

詩人必有輕視外物之意，故能以奴僕命風月。又必有重視外物之意，故能與花草共憂樂。

六二

「昔爲倡家女，今爲蕩子婦。蕩子行不歸，空床難獨守。」[1]「何不策高足，先據要路津？無爲久貧賤，轗軻長苦辛。」[2]可謂淫鄙之尤。然無視爲淫詞[3]鄙詞[4]者，以其眞也。五代北宋之大詞人亦然。非無淫詞，讀之者但覺其親切動人；非無鄙詞，但覺其精力彌滿。可知淫詞與鄙詞之病，非淫與鄙之病，而遊詞之病也。「豈不爾思，室是遠而」，而子曰「未之思也。夫何遠之有？」[5]惡其遊也。

1 《古詩十九首》第二首：「青青河畔草，鬱鬱園中柳。盈盈樓上女，皎皎當窗牖。娥娥紅粉妝，纖纖出素手。昔爲倡家女，今爲蕩子婦。蕩子行不歸，空床難獨守。」

2 《古詩十九首》第四首：「今日良晏會，歡樂難具陳。彈箏奮逸響，新聲妙入神。令德唱高言，識曲聽其眞。齊心同所願，含意俱未伸。人生寄一世，奄忽若飆塵。何不策高足，先據要路津？無爲守窮賤，轗軻常苦辛。」

3 金應珪〈詞選後序〉云：「義非宋玉，而獨賦蓬髮；諫謝淳于，而唯陳履舄、揣摩床笫，汙穢中冓。是爲淫詞。」

4 金應珪〈詞選後序〉云：「猛起奮末，分言析字，詼嘲則俳優之末流，叫嘯則市儈之盛氣，此猶巴人振喉以和陽春，黽蜮怒嗌以調疏越，是謂鄙詞。」

5 《論語．子罕》云：「唐棣之華，偏其反而；豈不爾思，室是遠而。子曰：未之思也，夫何遠之有？」

六三

「枯藤老樹昏鴉。小橋流水平沙。古道西風瘦馬。夕陽西下，斷腸人在天涯。」此元人馬東籬[1]〈天淨沙〉小令也。寥寥數語，深得唐人絕句妙境。有元一代詞家，皆不能辦此也。

1 馬東籬，號東籬，名致遠，元大都人。所作曲存於《元曲選》中者，凡〈青衫淚〉、〈岳陽樓〉、〈陳摶高臥〉、〈漢宮秋〉、〈薦福碑〉及〈任風子〉等。

六四

白仁甫《秋夜梧桐雨》劇，沉雄悲壯，爲元曲冠冕。[1]然所作〈天籟詞〉，粗淺之甚，不足爲稼軒奴隸。創者易工，而因者難巧歟？抑人各有能有不能也？讀者觀歐秦之詩遠不如詞，足透此中消息。

1 吳梅云：「白樸（仁甫）《唐明皇秋夜梧桐雨》雜劇，結構之妙，較他種更勝，不襲通常團圓套格，而夜雨聞鈴作結，高出常手萬倍。」

王國維《人間詞話》　卷下

六五

白石之詞，余所最愛者，亦僅二語：曰「淮南皓月冷千山，冥冥歸去無人管。」[1]

1 《彊村叢書》本《白石道人歌曲》卷三，〈踏莎行．自沔東來，丁未元日，至金陵江上，感夢而作〉：「燕燕輕盈，鶯鶯嬌軟，分明又向華胥見。夜長爭得薄情知，春初早被相思染。　別後書辭，別時針線，離魂暗逐郎行遠。淮南皓月冷千山，冥冥歸去無人管！」

雙聲疊韻之論，盛於六朝。[1]唐人猶多用之。[2]至宋以後，則漸不講，並不知二者爲何物。乾嘉間吾鄉周松靄（春）著《杜詩雙聲疊韻譜括略》，正千餘年之誤，可謂有功文苑者矣。其言曰：「兩字同母謂之雙聲。兩字同韻謂之疊韻。[3]」余按用今日各國文法通用之語表之：則兩字同一子音者，謂之雙聲，如《南史·羊元保傳》之「官家恨狹，更廣八分。」官家更廣四字，皆從K得聲。《洛陽伽藍記》之獰奴慢罵，獰奴二字，皆從N得聲，慢罵二字，皆從M得聲也。兩字同一母音者，謂之疊韻，如梁武帝「後牖有朽柳[4]」，後牖有三字，雙聲而兼疊韻。有朽柳三字，其母音皆爲u。劉孝綽之「梁皇長康強」，梁長強三字，其母音皆爲ian也。自李淑《詩苑》，[5]僞造沈約之說，以雙聲疊韻爲詩中八病之二。[6]後世詩家多廢而不講，亦不復用之於詞。余謂苟於詞之蕩漾處，多用疊韻，促節處多用雙聲，則其鏗鏘可誦，必有過於前人者，惜世之專講音律者，尚未悟此也。

1 如《宋書．謝莊傳》，載莊得王玄謨，玄護爲雙聲，磝碻爲疊韻。又《王玄保傳》好爲雙聲。又沈約所謂一簡之內，音韻盡殊，與劉勰所謂響有雙疊，雙聲隔字而每舛，疊韻雜句而必睽同理。皆論雙聲疊韻之說也。

2 如杜詩最善運雙疊，周春曾爲譜以著之。

3 此與劉勰所謂「異音相從謂之和，同聲相應謂之韻」同理。

4 《韻語陽秋》引陸龜蒙詩序曰：「疊韻起自梁武帝，云：『後牖有朽柳』，當時侍從之臣皆唱和，劉孝綽云：『梁王長康強！』沈休文云：『載載每礙硋。』自後用此體作爲小詩者多矣。」

5 宋李淑《詩苑類格》三卷，書佚。《玉海》五十四云：「翰林學士李淑承詔編爲三卷，上卷首以眞宗御制八篇，條解聲律爲常格，別二篇爲變格，又以沈約而下二十八人評詩者次之。中卷敘古詩雜體三十門。下卷敘古人體制別有六十七門。」

6 八病中有傍紐病，謂一句之內，犯兩用同紐字之病也。亦即劉勰所謂雙聲隔字而每舛。又有小韻病，謂一句之內，犯兩用同韻字之病也。亦即劉勰所謂疊韻雜句而必睽。

六七

詩至唐中葉以後，[1]殆爲羔雁之具矣。故五代北宋之詩，佳者絕少。而詞則爲其極盛時代。[2]即詩詞兼擅如永叔、少游者詞勝於詩遠甚，以其寫之於詩者不若寫之於詞者之眞也。至南宋以後，詞亦爲羔雁之具，而詞亦替矣。此亦文學升降之一關鍵也。

1 按唐中葉以後，唱酬詩繁，和韻尤爲風行，窘步相尋，詩之眞趣盡矣。

2 陸游云：「詩至晚唐五季，氣格卑陋，千家一律，而長短句獨精巧高麗，後世莫及。」陳子龍云：「宋人不知詩而強作詩，其爲詩也，言理而不言情，終宋之世無詩。然其歡愉愁苦之致，動於衷而不能抑者，類發於詩餘，故其所造獨工，蓋以沉摯之思而出之必淺近，使讀之者驟遇之如在耳目之前，久誦之而得雋永之趣，則用意難也；以儇利之詞，而制之必工鍊，使篇無累句，句無累字，圓潤明密，言如貫珠，則鑄詞難也；其爲體也纖弱，明珠翠羽，猶嫌其重，何況龍鸞必有鮮妍之姿，而不藉粉澤，則設色難也；其爲境也婉媚，雖以驚露取妍，實貴含蓄不盡，時在低徊唱歎之際，則命篇難也：宋人專事之，篇什既富，觸景皆會，雖高談大雅，而亦覺其不可廢也。」（見《歷代詩餘》卷一一二引，又卷一一八引。又前卷陸放翁、陳臥子條可參。）

六八

曾純甫中秋應制，作〈壺中天慢〉詞，[1]自注云：「是夜西興亦聞天樂。」謂宮中樂聲，聞於隔岸也。毛子晉謂天神亦不以人廢言。近馮夢華復辨其誣，[2]不解天樂二字文義，殊笑人也。

1 曾覿字純甫，汴人。孝宗受禪，以潛邸舊人，除權知閤門事。有《海野詞》，收入毛晉所刻《宋六十名家詞》。〈壺中天慢〉調下自注云：「此進御月詞也。上皇大喜曰：『從來月詞，不曾用金甌事，可謂新奇。』賜金束帶紫番羅水晶碗，上亦賜寶盞，至一更五點還宮，至夜西興亦聞天樂焉。」詞曰：「素飆漾碧，看天衢穩送、一輪明月。翠水瀛壺人不到，比似世間秋別。玉手瑤笙，一時同色，小按〈霓裳〉疊，天津橋上、有人偷記新闋。當日誰幻銀橋，阿瞞兒戲，一笑成痴絕。肯信群仙高晏處，移下水晶宮闕。雲海塵清，山河影滿，桂冷吹香雪。何勞玉斧，金甌千古無缺。」毛晉跋語云：「進月詞，『一夕西興，共聞天樂』豈天神亦不以人廢言耶。」

2 馮煦（夢華）《宋六十一家詞選．例言》云：「曾純甫賦進御月詞（按即〈壺中天〉詞），其自記云，是夜西興亦聞天樂。子晉遂謂天神亦不以人廢言，不知宋人每好自神其說，白石道人尚欲以巢湖風駛歸功於〈平調滿江紅〉，於海野何譏焉。《獨醒雜志》謂邏卒聞張建封廟中鬼歌東坡燕子樓樂章，則又出他人之傳會，益無徵已。」

六九

北宋名家，以方回為最次。[1]其詞如歷下新城之詩，[2]非不華贍，惜少眞味。

1 沈雄《柳塘詞話》云：「方回作〈青玉案〉詞，黃山谷贈以詩云：『解道江南腸斷句，只今惟有賀方回！』其為前輩推重可知。因詞中有『梅子黃時雨』，人呼為賀梅子。」陳延焯《白雨齋詞話》卷一云：「方回〈踏莎行·荷花〉云：『斷無蜂蝶慕幽香，紅衣脫盡芳心苦。』下云：『當年不肯嫁東風，無端卻被秋風誤！』此詞騷情雅意，哀怨無端，讀者亦不自知何以心醉，何以淚墮。〈浣溪沙〉云：『記得西樓凝醉眼，昔年風物似而今，只無人與共登臨！』只用數虛字盤旋唱歎，而情事畢現，神乎技矣。世第賞其梅子黃時雨一章，猶是耳食之見。」沈陳二氏論詞均推方回，而王氏竟以乏眞味少之，可見詞壇定論之難。

2 李攀龍，明，歷城人，詩主聲調。王士禛，清，新城人，詩主神韻。

七〇

散文易學而難工，駢文難學而易工；近體詩易學而難工，古體詩難學而易工；小令易學而難工，長調難學而易工。

七一

古詩云：「誰能思不歌？誰能饑不食？[1]」詩詞者，物之不得其平而鳴者也。[2]故歡愉之辭難工，愁苦之言易巧。[3]

1 〈子夜歌〉云：「誰能思不歌，誰能饑不食。日冥當戶倚，惆悵底不憶？」

2 韓愈〈送孟東野序〉云：「大凡物不得其平則鳴，其於人也亦然。孟郊東野，始以其詩鳴，抑不知天將和其聲而使鳴國家之盛耶？抑將窮餓其身，思愁其心腸，而使自鳴其不幸耶？」

3 《白雨齋詞話》卷七云：「詩以窮而後工，倚聲亦然。故仙詞不如鬼詞，哀則幽鬱，樂則淺顯也。」

七二

社會上之習慣，殺許多之善人；文學上之習慣，殺許多之天才。昔人論詩詞，有景語情語之別，不知一切景語，皆情語也。

七三

詞家多以景寓情，其專作情語而絕妙者，如牛嶠之「甘作一生拚，盡君今日歡！[1]」顧夐之「換我心爲你心，始知相憶深！[2]」歐陽修之「衣帶漸寬終不悔，爲伊消得人憔悴！[3]」美成之「許多煩惱，只爲當時，一餉留情！[4]」此等詞，求之古今人詞中，曾不多見。

1 按嶠，蜀人。檢原詞，「甘」字應作「須」字。王國維輯本《牛給事詞·菩薩蠻》其七云：「玉爐冰簟鴛鴦錦，粉融香汗流山枕。簾外轆轤聲，斂眉含笑驚。柳陰煙漠漠，低鬢蟬釵落。須作一生拚，盡君今日歡！」賀裳

《皺水軒詞筌》云：「小詞以含蓄爲佳，亦有作決絕語而妙者：如牛嶠『須作一生拚，盡君今日歡！』抑亦其次。」

2　按顧敻，蜀人。王國維輯本《顧太尉詞·訴衷情》其二云：「永夜拋人何處去，絕來音。香閣掩眉斂，月將沉。爭忍不相尋，怨孤衾。換我心爲你心，始知相憶深！」

3　按此係柳永詞，作歐陽，誤。全詞已見卷上，不贅引。賀裳《皺水軒詞筌》云：「小詞含蓄爲佳，亦有作決絕語而妙者：如韋莊『誰家年少足風流，妾擬將身嫁與一生休！縱被無情棄，不能羞。』之類是也，柳耆卿『衣帶漸寬終不悔，爲伊消得人憔悴！』亦即韋意而氣加婉矣。」

4　《彊村叢書》本《片玉集》卷六，〈慶宮春·越調〉云：「雲接平岡，山圍寒野，路回漸轉孤城。衰柳啼鴉，驚風驅雁，動人一片秋聲。倦途休駕，淡煙裡，微茫見星。塵埃憔悴，生怕黃昏，離思牽縈。　華堂舊日逢迎，花豔參差，香霧飄零。弦管當頭，偏憐嬌鳳，夜深簧暖笙清。眼波傳意，恨密約，匆匆未成。許多煩惱，只爲當時，一餉留情！」

七四

詞之爲體，要眇宜修。[1]能言詩之所不能言，而不能盡言詩之所能言。詩之境闊，詞之言長。

1 《九歌．湘君》：「美要眇兮宜修。」

七五

言氣質，[1]言神韻，[2]不如言境界。有境界，本也。氣質神韻，末也。[3]有境界而二者隨之矣。

1 氣質指人之才分。自魏文帝已闡此義。

2 王士禎所謂神韻，翁方綱以爲即格調之改稱。說見《石洲詩話》。

3 境界之說，王氏自謂獨創，已見卷上。境界由文思構成，而以灝爛爲貴。思君如流水，既是即目；高臺多悲風，亦惟所見。鍾嶸論文境，雅重耳目之不隔，王氏之說果無所本乎。至以作者才分論文，以文字聲調論文，自未若以文學之境界論文爲更深切也。

七六

「西風吹渭水，落日滿長安。[1]」美成以之入詞，[2]白仁甫以之入曲，[3]此借古人之境界，爲我之境界者也。然非自有境界，古人亦不爲我用。

1 按賈島原詩，爲「秋風吹渭水，落葉滿長安。」王氏誤記一二字，應勘正。（陳子龍云：「賈詩，後人傳爲呂洞賓詩。」）

2 《片玉集》卷五，〈齊天樂（正宮）秋思〉云：「綠蕪凋盡臺城路，殊鄉又逢秋晚。暮雨生寒，鳴蛩勸織，深閣時聞裁剪。雲窗靜掩，歎重拂羅裀，頓疏花簟。尚有練囊，露螢清夜照書卷。　荊江留滯最久，故人相望處，離思何限。渭水西風，長安亂葉，空憶詩情宛轉。憑高眺遠，正玉液新篘，蟹螯初薦。醉倒山翁，但愁斜照斂。」

3 白仁甫〈德勝樂．秋〉（第三段）云：「玉露冷，蛩吟砌，聽落葉西風渭水，寒雁兒長空嘹唳，陶元亮醉在東籬！」（錄自任訥校補《陽春白雪補集》。《太和正音譜》首二句作「玉露泠泠蛩吟砌，落葉西風渭水。」）

七七

長調自以周、柳、蘇、辛爲最工。美成〈浪淘沙慢〉二詞，[1]精壯頓挫，已開北曲之先聲。若屯田之〈八聲甘州〉，[2]東坡之〈水調歌頭〉，[3]則佇興之作，格高千古，不能以常調論也。

1 按美成〈浪淘沙〉，本集只一篇。二詞若作一詞之前後片解，亦不經見。疑二字衍，應作美成〈浪淘沙〉慢詞。其詞云：「晝陰重，霜凋岸草，霧隱城堞。南陌脂車待發，東門帳飲乍闋。正拂面，垂楊堪攬結。掩紅淚，玉手親折。念漢浦、離鴻去何許，經時信音絕。　情切，望中地遠天闊，向露冷風清，無人處，耿耿寒漏咽。嗟萬事難忘，惟是輕別。翠尊未竭，憑斷雲，留取西樓殘月。羅帶光消紋衾疊，連環解，舊香頓歇。怨歌永，瓊壺敲盡缺。恨春去，不與人期，弄夜色，空餘滿地梨花雪。」

2 柳耆卿《樂章集》下卷，〈八聲甘州〉云：「對瀟瀟暮雨灑江天，一番洗清秋。漸霜風淒慘，關河冷落，殘照當樓。是處紅衰翠減，苒苒物華休！惟有長江水，無語東流！　不忍登高臨遠，望故鄉渺邈，歸思難收。歎年來蹤跡，何事苦淹留！想佳人妝樓長望，誤幾回天際識歸舟，爭知我倚闌干處，正恁凝愁！」

3

檢《彊村叢書》編年本《東坡樂府》，得〈水調歌頭〉四首：一為〈中秋歡飲兼懷子由〉作；二為〈和子由〉作；三為〈快哉亭〉作；四為〈隱括退之聽琴詩〉作。茲錄其一示例：「明月幾時有，把酒問青天。不知天上宮闕，今夕是何年？我欲乘風歸去，惟恐瓊樓玉宇，高處不勝寒！起舞弄清影，何似在人間！　轉朱閣，低綺戶，照無眠。不應有恨，何事長向別時圓？人有悲歡離合，月有陰晴圓缺，此事古難全。但願人長久，千里共嬋娟！」

七八

稼軒〈賀新郎〉詞「送茂嘉十二弟」，[1]章法絕妙。且語語有境界，此能品而幾於神者。[2]然非有意爲之，故後人不能學也。

1 毛晉刻本《稼軒詞》卷一，〈賀新郎．別茂嘉十二弟〉云：「綠樹聽鵜鴂，更那堪，鷓鴣聲住。杜鵑聲切，啼到春歸無尋處，苦恨芳菲都歇。算未抵人間離別。馬上琵琶關塞黑，更長門翠輦辭金闕。看燕燕，送歸妾。 將軍百戰身名裂。向河梁，回頭萬里，故人長絕。易水蕭蕭西風冷，滿座衣冠似雪。正壯士悲歌未徹。啼鳥還知如許恨，料不啼清淚長啼血。誰共我，醉明月！」

2 梁任公云：「稼軒善用迴盪的表情法，此首卻出之以堆疊式。」

七九

稼軒〈賀新郎〉詞，「柳暗凌波路，送春歸，猛風暴雨，一番新綠。」又〈定風波〉詞，「從此酒酣明月夜耳熱」，「綠」、「熱」二字皆作上去用，與韓玉《東浦詞·賀新郎》，以「玉」、「曲」叶「注」、「女」，〈卜算子〉以「夜」、「謝」叶「食」、「月」，已開北曲四聲通押之祖。[1]

1 謝章鋌《詞話續編》一云：「詞之三聲互叶，非創自詞也，虞廷賡歌已以熙韻喜起矣。」就詞而言，則友人夏瞿禪云：「《雲謠集·漁歌子》『悄』、『寞』、『禱』、『少』，三聲相叶，爲最先見之例。又《樂府雅詞·九張機》『機』、『理』、『寐』、『白』、『碧』、『色』相叶。又此例金道人詞最多。」

八〇

譚復堂《篋中詞》選，謂蔣鹿潭《水雲樓詞》，與成容若、項蓮生，二百年間，分鼎三足。[1] 然《水雲樓詞》，小令頗有境界，長調惟存氣格。《憶雲詞》精實有餘，超逸不足。皆不足與容若比。然視皋文、止庵[2]輩，則倜乎遠矣。

1 譚獻《篋中詞》卷五云：「文字無大小，必有正變，必有家數，《水雲樓詞》固清商變徵之聲，而流別甚正，家數頗大，與成容若、項蓮生二百年中，三分鼎足。咸豐兵事，天挺此才，爲倚聲家老杜，而晚唐兩宋一唱三歎之意，則已微矣。」吳梅《詞學通論》駁之曰：「余謂復堂以鹿潭得流別之正，此言極是。惟以成、項二君並論，則鄙意殊不謂然。成、項皆以聰明勝人，烏能與《水雲》比擬？且復堂既以杜老比《水雲》，試問成、項可當青蓮、東川歟。此蓋偏宕之論也。」按納蘭性德原名成德，字容若，滿洲正白旗人。有《飲水詞》三卷。項鴻祚，字蓮生，錢塘人，有《憶雲詞》四卷。蔣春霖，字鹿潭，江陰人，有《水雲樓詞》二卷。錄納蘭、項、蔣諸詞以資參證。

成德〈浣溪沙．古北口〉

楊柳千條送馬蹄，北來征雁舊南飛，客中誰與換春衣。　終古閒情歸落照，一春幽夢逐游絲，信回剛道別多時。

項鴻祚〈阮郎歸．吳門寄家書〉

闔閭城下漏聲殘，別愁千萬端。蜀箋書字報平安，燭花和淚彈。　無一語，只加餐，病時須自寬。早梅庭院夜深寒，月中休倚闌。

蔣春霖〈卜算子〉

燕子不曾來，小院陰陰雨。一角闌干聚落花，此是春歸處。　彈淚別東風，把酒澆飛絮。化了浮萍也是愁，莫向天涯去。

蔣春霖〈木蘭花慢．江行晚過北固山〉

泊秦淮雨霽，又燈火送歸船。正樹擁雲昏，星垂野闊，暝色浮天。蘆邊，夜潮驟起，暈波心月影蕩江圓。夢醒誰歌《楚些》，泠泠霜激哀弦。嬋娟，不語對愁眠，往事恨難捐。看莽莽南徐，蒼蒼北固，如此山川。鉤連，更無鐵鎖，任排空檣櫓自迴旋。寂寞魚龍睡穩，傷心付與秋煙。

2

張惠言，字皋文，有《茗柯詞》。弟琦，字翰風，有《立山詞》。周濟，字保緒，一字介存，號未齋，晚號止庵，有《止庵詞》。譚獻云：「宛鄰（張琦）止庵（周濟）一流，學人之詞。」

八一

詞家時代之說，盛於國初，竹垞謂：「詞至北宋而大，至南宋而深。[1]」後此詞人，群奉其說。然其中亦非無具眼者，周保緒曰：「南宋下不犯北宋拙率之病，高不到北宋渾涵之詣。[2]」又曰：「北宋詞多就景敘情，故珠圓玉潤，四照玲瓏，至稼軒、白石，一變而爲即事敘景，使深者反淺，曲者反直。[3]」潘四農德輿曰：「詞濫觴於唐，暢於五代，而意格之閎深曲摯，則莫盛於北宋。詞之有北宋，猶詩之有盛唐，至南宋則稍衰矣。[4]」劉融齋熙載曰：「北宋詞用密亦疏，用隱亦亮，用沉亦快，用細亦闊，用精亦渾，南宋只是掉轉過來。[5]」可知此事自有公論，雖止庵詞頗淺薄，潘劉尤甚，然甚推尊北宋，則與明季雲間諸公同一卓識也。[6]

1　說見朱竹垞彝尊所著《詞綜》。

2　周保緒濟《介存齋論詞雜著》云：「初學詞求空，空則靈氣往來。既成格調求實，實則精力彌滿。初學詞求有寄託，有寄託則表裡相宣，斐然成章。既成格調，求無寄託，無寄託則指事類情，仁者見仁，智者見智。北宋詞下者在南宋下，以其不能空，且不知寄託也。南宋則下不犯北宋拙率之病，高不到北宋渾涵之詣。」

3 見同上。

4 潘德輿，字彥輔，一字四農。清道光舉人。著有《養一齋詩文集》。《篋中詞》卷三錄潘詞，後附評語云：「四農大令〈與葉生書〉，略曰：『張氏《詞選》，抗志希古，標高揭己，宏音雅調，多被排擯。五代北宋有自昔傳誦非徒隻句之警者，張氏亦多恝然置之。竊謂詞濫觴於唐，暢於五代，而意格之閎深曲摯，則莫盛於北宋，詞之有北宋，猶詩之有盛唐，至南宋則稍衰矣。』云云。張氏之後，首發難端，亦可謂言之有故。然不求立言宗旨，而以跡論，則亦何異明中葉詩人之侈口盛唐邪？宜《養一齋詞》平鈍淺狹，不足登大雅之堂也。然其針砭張氏，亦是諍友。」

5 見劉氏所著《藝概．詞曲概》。

6

王士禎《花草蒙拾》云：「雲間數公，論詩持格律，崇神韻，然拘於方幅，泥於時代，不免爲識者所少。其於詞亦不欲涉南宋一筆，佳處在此，短處亦在此。」

八二

唐五代北宋之詞，可謂生香眞色。[1]若雲間諸公，則彩花耳。[2]湘眞[3]且然，況其次焉者乎。

1 王士禛《花草蒙拾》云：「生香眞色人難學，爲『丹青女易描，眞色人難學』所從出。千古詩文之訣，盡此七字。」

2 雲間諸公指陳子龍等。《花草蒙拾》云：「近日雲間作者論詞，有云：五季有唐風，入宋便開元曲，故專意小令，冀復古音，屏去宋調，庶防流失。僕謂此論雖高，殊屬孟浪。」又云：「雲間數公於詞亦不欲涉南宋一筆，佳處在此，短處亦在此。」

3 明末陳子龍，字臥子，有《湘眞閣詞》。《花草蒙拾》云：「《湘眞詞》首尾溫麗，然不善學者，鏤金雕瓊，正如土木被文繡耳。」

八三

《衍波詞》[1]之佳者，頗似賀方回。[2]雖不及容若，[3]要在浙中諸子[4]之上。

1

鄒祗謨《遠志齋詞衷》：「金粟云：『阮亭《衍波》一集，體備唐宋，珍逾琳琅，美非一族，目不給賞。如春去秋來二闋，以及射生歸晚，雪暗盤雕，屈子〈離騷〉，史公〈貨殖〉等語，非稼軒之託興乎。〈揚子江上〉之風高雁斷，〈蜀岡眺望〉之亂柳棲鴉，非坡公之弔古乎。〈詠鏡〉之一泓春水碧如煙，〈贈雁〉之水碧沙明，參橫月落，遠向瀟湘去，非梅溪、白石之賦物乎。楚簟涼生，孤睡何曾著，借錦水桃花箋色，合鮫淚和入隃麋，小字重封，非清眞、淮海之言情乎。約而言之：其工緻而綺靡者，《花間》之致語也。其婉孌而流動者，《草堂》之麗字也。洵乎排黃軼秦，凌周駕柳，盡態窮姿，色飛魂斷矣。』」《遠志齋詞衷》又引唐祖命〈序衍波詞〉云：「極哀豔之深情，窮倩盼之逸趣，其旖旎而穠麗者，則璟、煜、清照之遺也。其芊綿而俊賞者，則淮海、屯田之匹也。」

2 賀鑄〈青玉案〉云：「凌波不過橫塘路，但目送、芳塵去。錦瑟年華誰與度？月橋花榭，瑣窗朱戶，惟有春知處。　碧雲冉冉蘅皋暮，彩筆新題斷腸句。試問閒愁都幾許？一川煙草，滿城風絮，梅子黃時雨。」王士禎〈點絳唇．春詞〉云：「水滿春塘，柳綿又蘸黃金縷。燕兒來去，幾陣梨花雨。　情似黃絲，歷亂難成緒。凝眸處，白紅樹，不見西洲路！」二詞皆融景入情，豐神獨絕。

3 《白雨齋詞話》卷六云：「容若〈飲水詞〉，才力不足，合者得五代人淒婉之意。余最愛其〈臨江仙．寒柳〉云：『疏疏一樹五更寒，愛他明月好，憔悴也相關！』言中有物，幾令人感激涕零。容若詞亦以此篇為壓卷。」

4 《蓮子居詞話》卷三云：「吾浙詞派三家：羨門（彭孫遹）有才子氣，於北宋中最近小山、少游、耆卿諸公，格韻獨絕。竹垞（朱彝尊）有名士氣，淵雅深穩，字句密緻。自明季左道言詞，先生標舉準繩，起衰振聾，厥功良偉。樊榭（厲鶚）有幽人氣，惟冷故俏，由生得新，當其沉思獨往，逸興遄飛，自成情理之高，無預搜討之末。」

八四

近人詞如《復堂詞》之深婉，[1]《彊村詞》之隱秀，[2]皆在半塘老人[3]上。彊村學夢窗[4]而情味較夢窗反勝，蓋有臨川廬陵之高華，而濟以白石之疏越者。[5]學人之詞，斯爲極則。然古人自然神妙處，尚未見及。

1 譚獻自書《復堂詞》首云：「周美成云：『流潦妨車轂。』又云：『衣潤費爐煙。』辛幼安云：『不知筋力衰多少，只覺新來懶上樓！』塡詞者試於此消息之。」則其詞蘄向可知。王氏下文並舉其〈蝶戀花〉中句，爲寄興深微之例。

2 朱祖謀原名孝臧，自號上彊村民。劉子庚先生《詞史》特舉其〈天門謠詞〉。詞曰：「交徑新陰小，試吟袖剩寒猶峭，人意好，爲當樓殘照。奈芳事輕隨春去早，滿路香塵酥雨少，隨處到，恨羅襪不如芳草。」又王氏下文舉其〈浣溪沙〉二闋，《注》全錄其詞，可參。

3 王鵬運，字幼霞，一字佑遐，中年自號半塘老人。其肆力於詞，在朱彊村先，而境詣轉邃。惟朱彊村爲《半塘定稿》作序，則盛稱之云：「君詞導源碧山，復歷稼軒、夢窗，以還清眞之渾化；與周止庵氏，契若針芥。」

4 按王半塘嘗與朱彊村約校《夢窗四稿》，其嶄向可知。

5 按高華謂其響高。疏越謂其餘韻。兼濟之者，則有激朗之音，復饒倡歎之情也。檢王安石《臨川先生文集》卷三十七〈歌曲〉、〈桂枝香〉云：「登高送目，正故國晚秋，天氣初肅。千里澄江似練，翠峰如簇。歸帆去棹殘陽裡，背西風酒旗斜矗。彩舟雲淡，星河鷺起，畫圖難足。　念往昔繁華競逐，歎門外樓頭，悲恨相續。千古憑高，對此謾嗟榮辱。六朝舊事隨流水，但寒煙芳草凝綠。至今商女，時時猶歌〈後庭〉遺曲。」此詞彊村選入《宋詞三百首》中。歐陽修詞如〈踏莎行〉、〈蝶戀花〉等闋，均載入上卷《注》中。彊村《宋詞三百首》，於此諸闋，亦併入錄。姜夔詞如〈點絳脣〉、〈踏莎行〉、〈念奴嬌〉、〈暗香〉、〈疏影〉、〈翠樓吟〉等闋，彊村既並選取，上卷《注》中，亦均載之。

八五

宋尚木〈蝶戀花〉「新樣羅衣渾棄卻，猶尋舊日春衫著！[1]」譚復堂〈蝶戀花〉「連理枝頭儂與汝，千花百草從渠許。[2]」可謂寄興深微。

1 按明末宋徵璧原名存楠，字尚木，松江華亭人。又有宋徵輿，亦松江華亭人，字直方，一字轅文，順治進士，官至副都御史，為諸生時，與陳子龍、李雯倡幾社。譚獻《篋中詞今集》卷一，兼收二宋之詞。惟此闋〈蝶戀花〉詞，乃徵輿之作，王氏誤作徵璧，應訂正。全詞云：「寶枕輕風秋夢薄，紅斂雙蛾，顛倒垂金雀。新樣羅衣渾棄卻，猶尋舊日春衫著！　偏是斷腸花不落。人苦傷心，鏡裡顏非昨。曾誤當初青女約，只今霜夜思量著！」譚獻評云：「悱惻忠厚！」

2 按譚獻《篋中詞》附刻己作《復堂詞．蝶戀花》第四首全詞云：「帳裡迷離香似霧，不燼爐灰，酒醒聞餘語。連理枝頭儂與汝，千花百草從渠許！　蓮子青青心獨苦，一唱將離，日日風兼雨。豆蔻香殘楊柳暮，當時人面無尋處！」

八六

《半塘丁稿》中，和馮正中〈鵲踏枝〉十闋，乃鶩翁詞之最精者。「望遠愁多休縱目」等闋，鬱伊惝怳，令人不能爲懷，定稿只存六闋，[1]殊未爲允也。

1 王鵬運〈鵲踏枝〉序云：「馮中正〈鵲踏枝〉十四闋，鬱伊惝怳，義兼比興，蒙嗜誦焉。春日端居，依次屬和，憶雲生（項鴻祚）云：『不爲無益之事，何以遣有涯之生？』三復前言，我懷如揭矣！」定稿所存六闋詞如下：

落蕊殘陽紅片片，懊恨比鄰，盡日流鶯轉。似雪楊花吹又散，東風無力將春限。　慵把香羅裁便面，換到輕衫，歡意垂垂淺。襟上淚痕猶隱見，笛聲催按〈梁州遍〉。

斜日危闌凝佇久，問訊花枝，可是年時舊！儂睡朝朝如中酒，誰憐夢裡人消瘦！　香閣簾櫳煙閣柳，片霎氤氳，不信尋常有。休遣歌筵回舞袖，好懷珍重春三後！

風蕩春雲羅樣薄，難得輕陰，芳事休閒卻。幾日啼鵑花又落，綠箋莫忘深深約！ 老去吟情渾寂寞，細雨簷花，空憶鐙前酌。隔院玉簫聲乍作，眼前何物供哀樂！

漫說目成心便許，無據楊花，風裡頻來去。悵望朱樓難寄語，傷春誰念司勳誤！ 枉把游絲牽弱縷，幾片閒雲，斷卻相思路。錦帳珠簾歌舞處，舊歡新恨思量否？

誰遣春韶隨水去？醉倒芳尊，忘卻朝和暮。換盡大堤芳草路，倡條都是相思樹。 蠟燭有心燈解語，淚盡唇焦，此恨銷沉否？坐對東風憐弱絮，萍飄後日知何處！

幾見花飛能上樹？難繫流光，枉費垂楊縷。箏雁斜飛排錦柱，只伊不解將春去。 漫詡心情黏地絮，容易飄颺，那不驚風雨？倚遍闌干誰與語？思量有恨無人處。

八七

固哉皋文之爲詞也，飛卿〈菩薩蠻〉，永叔〈蝶戀花〉，子瞻〈卜算子〉，皆興到之作，有何命意，皆被皋文深文羅織。[1]阮亭《花草蒙拾》謂坡公命宮磨蠍，生前爲王珪舒亶輩所苦，身後又硬受此差排。[2]由今觀之：受差排者，獨一坡公已耶。

1　張皋文惠言《詞選》卷一，載飛卿〈菩薩蠻〉十四首，其第一首云：「小山重疊金明滅，鬢雲欲度香腮雪。懶起畫蛾眉，弄妝梳洗遲！　照花前後鏡，花面交相映。新帖繡羅襦，雙雙金鷓鴣。」皋文云：「此感士不遇也。篇法彷佛〈長門賦〉。『照花』四句，〈離騷〉『初服』之意。」（按〈離騷〉云：「進不入以離尤兮，退將復修吾初服。」）歐陽永叔〈蝶戀花〉詞，見卷上。皋文云：「庭院深深，閨中既以邃遠也。樓高不見，哲王又不寤也（按以上以永叔詞與〈離騷〉各句相比附）。章臺遊冶，小人之徑。雨橫風狂，政令暴急也。亂紅飛去，斥逐者非一人而已。殆爲韓（琦）范（仲淹）作乎。」蘇子瞻〈卜算子〉云：「缺月掛疏桐，漏斷人初定。時有幽人獨往來，縹緲孤鴻影。　驚起卻回頭，有恨無人省。揀盡寒枝不肯棲，寂寞沙洲冷。」皐文云：「此東坡在黃州作。鮦陽居士云：『缺月，刺明微也。漏斷，暗時也。幽人，不得志也。獨往來，無助也。驚鴻，賢人不安也。回頭，愛君不忘也。無人省，君不察也。揀盡寒枝不肯棲，不偷安於高位也。寂寞沙洲冷，非所安也。此詞與〈考槃〉詩極相似。』」以上皆皐文踵〈小序〉解《詩》王叔師注《楚辭》之誼而以說詞者，附會穿鑿，莫此爲甚。

2

王士禎《花草蒙拾》斥注1條所載鮦陽居士之說，謂：「村夫子強作解事，令人欲嘔！僕嘗戲謂坡公命宮磨蠍，湖州詩案，生前爲王珪舒亶輩所苦，身後又硬受此差排耶。」

八八

賀黃公[1]謂：「姜論史詞，不稱其『軟語商量』，而稱其『柳昏花暝』，[2]固知不免項羽學兵法之恨。」然柳昏花暝，自是歐、秦輩句法，前後有畫工化工之殊。吾從白石，不能附和黃公矣。

1 賀黃公裳，有《皺水軒詞筌》載此說。

2 史達祖（字邦卿，號梅溪）〈雙雙燕．詠燕〉云：「過春社了，度簾幕中間，去年塵冷。差池欲往，試入舊巢相並。還相雕梁藻井，又軟語商量不定。飄然快拂花梢，翠尾分開紅影。　芳徑，芹泥雨潤。愛貼地爭飛，競誇清俊。紅樓歸晚，看足柳昏花暝，應自棲香正穩，便忘了天涯芳信。愁損翠黛雙蛾，日日畫欄獨憑。」

八九

「池塘春草謝家春，[1]萬古千秋五字新！傳語閉門陳正字，[2]可憐無補費精神！」此遺山《論詩絕句》也。[3]夢窗玉田輩，當不樂聞此語。

1 謝靈運〈登池上樓〉詩，有「池塘生春草」之句。

2 陳正字即陳師道無已。當時有「閉門覓句陳無已」之誚。

3 元好問遺山《論詩》三十餘首，此其一也。

九〇

朱子《清邃閣論詩》，謂：「古人有句，今人詩更無句，只是一直說將去，這般一日作百首也得！」余謂北宋之詞有句，南宋以後便無句。如玉田草窗之詞，所謂「一日作百首也得」者也。

九一

朱子謂梅聖俞詩，不是平淡，乃是枯槁，余謂草窗玉田之詞亦然。「自憐詩酒瘦，難應接，許多春色。[1]」「能幾番遊，看花又是明年。[2]」此等語亦算警句耶，乃值如許筆力。

1 史達祖〈喜遷鶯．元夕〉云：「月波疑滴，望玉壺天近，了無塵隔。翠眼圈花，冰絲織練，黃道寶光相直。自憐詩酒瘦，難應接，許多春色。最無賴，是隨香趁燭，曾伴狂客。　蹤跡，漫記憶，老了杜郎，忍聽東風笛。柳院燈疏，梅廳雪在，誰與細傾春碧。舊情拘未定，猶自學，當年遊歷。怕萬一，誤玉人夜寒簾隙。」

2 友人夏瞿禪云：「見張炎〈高陽臺．西湖春感〉詞。」詞云：「接葉巢鶯，平波捲絮，斷橋斜日歸船。能幾番遊，看花又是明年。東風且伴薔薇住，到薔薇、春已堪憐，更凄然。萬綠西泠，一抹荒煙。　當年燕子知何處，但苔深韋曲，草暗斜川。見說新愁，如今也到鷗邊。無心再續笙歌夢，掩重門、淺醉閒眠。莫開簾，怕見飛花，怕聽啼鵑。」

九二

文文山詞，[1]風骨甚高，亦有境界。遠在聖與、叔夏、公謹[2]諸公之上。亦如明初誠意伯詞，[3]非季迪、孟載[4]諸人所敢望也。

1 《藝概》云：「文文山詞，有風雨如晦雞鳴不已之意，不知者以爲變聲，其實乃變之正也。故詞當合其人之境地觀之。」

2 王沂孫，字聖與。張玉田，字叔夏。周密，字公謹。

3 《蓮子居詞話》卷三，載〈摸魚兒．金陵秋夜〉云：「正淒涼、月明孤館，那堪征雁嘹唳。不知衰鬢能多少，還共柳絲同脆。朱戶閉，有瑟瑟蕭蕭，落葉鳴莎砌。斷魂不繫，又何必殷勤，啼螿絡緯，相伴夜迢遞。　樵漁事，天也和人較計，虛名枉誤身世。流年滾滾長江逝，回首碧雲無際。空引睇，但滿眼芙蓉黃菊傷心麗。風吹露洗，寂寞舊南朝，憑闌懷古，零淚在衣袂。」

4 高啓，字季迪。楊基，字孟載。

九三

和凝〈長命女〉詞：「天欲曉，宮漏穿花聲繚繞，窗裡星光少。　冷霞寒侵帳額，殘月光沉樹杪。夢裡錦帷空悄悄，強起愁眉小。[1]」此詞前半，不減夏英公〈喜遷鶯〉也。[2]

1　檢王國維輯本晉和凝《紅葉稿》，載此詞，題作「薄命女」，「長」字誤。

2　夏竦〈喜遷鶯〉詞已見卷上。

九四

宋李希聲《詩話》曰：「唐人作詩，正以風調高古爲主。雖意遠語疏，皆爲佳作。後人有切近的當氣格不凡下者，終使人可憎。」余謂北宋詞亦不妨疏遠，若梅溪以降，正所謂切近的當，氣格凡下者也。[1]

1　按王氏以爲北宋詞運語疏遠，而意境高超。南宋以降，構詞雖精，而未脫凡俗。此論當有所見。至貶薄梅溪，則亦隨評論家主觀之見，難以強同。陳廷焯《白雨齋詞話》卷二，嘗舉梅溪詞云：「如『碧袖一聲歌，石城怨，西風隨去。滄波蕩晚，菰蒲弄秋，還重到，斷魂處。』沉鬱之至。『又三年夢冷，孤吟意短，屢煙鐘津鼓。屐齒厭登臨，移鐙後，幾番涼雨。』亦居然美成復生。」又〈臨江仙〉結句云：「『枉教裝得舊時多。向來簫鼓地，曾見柳婆娑。』慷慨生哀，極悲極鬱。」蓋求梅溪之佳制，而推崇頗至。惟張鎡以爲梅溪過柳耆卿而並周邦彥賀鑄，則廷焯亦認爲太過，故評騭南宋詞人次第云：「以白石、碧山爲冠，梅溪次之，夢窗、玉田又次之，西麓又次之，草窗又次之，竹屋又次之，竹山雖不論可也。」

九五

自竹垞痛貶《草堂詩餘》，而推《絕妙好詞》，[1]後人群附和之，不知《草堂》雖有褻諢之作，[2]然佳詞恆得十之六七。[3]《絕妙好詞》則除張范辛劉[4]諸家外，十之八九，皆極無聊賴之詞。古人云：「小好小慚，大好大慚。」[5]洵非虛語。

1 朱彝尊《曝書亭文集》云：「詞人之作，自《草堂詩餘》盛行，屏去激楚陽阿，而巴人之唱齊進矣。周公謹《絕妙好詞》選本，中多俊語，方諸《草堂》所錄，雅俗殊分」。《白雨齋詞話》卷八云：「《花間》、《草堂》、《尊前》諸選，背謬不可言矣，所寶在此，詞欲不衰，得乎。」《四庫提要》云：「周密所編南宋歌詞，始於張孝祥，終於仇遠，凡一百三十二家，去取謹嚴，猶在曾慥《樂府雅詞》、黃昇《花庵詞選》之上。又宋人詞集，今多不傳，並作者姓名，亦不盡見於世，零璣碎玉，皆賴此以存。於詞選中最爲善本。」按朱氏、紀氏均不及《絕妙好詞》著書之背景，宋翔鳳《樂府餘論》云：「南宋詞人繫情舊京，凡言歸路、言家山、言故國，皆恨中原隔絕。此周公謹氏《絕妙好詞》所由選也。公謹生宋之末造，見韓侂冑函首，知恢復非易言，故所選以張于湖爲首。以于湖不附和議，而早知恢復之難，不似辛稼軒輩率意輕言，後復自悔也。」由是言之：《絕妙好詞》所選，實函有眞摯之民族意識。非同《草堂》一集，徒爲徵歌而設也。

2 《四庫提要》云：「《草堂詩餘》，乃南宋坊賈所編。」（見《竹齋詩餘提要》）宋翔鳳《樂府餘論》云：「《草堂》一集，蓋以徵歌而設。故別題春景夏景等名，使隨時即景，歌以娛客。題吉席慶壽，更是此意。其中詞語，間與集本不同。其不同者恆平俗，亦以便歌。以文人觀之，適當一笑；而當時歌伎，則必須此也。」

3 《四庫提要》云：「朱彝尊作《詞綜》，稱《草堂》選詞，可謂無目。其詬之甚至。今觀所錄，雖未免雜而不純，不及《花間》諸集之精善，然利鈍互陳，瑕瑜不掩，名章俊句，亦錯出其間，一概詆排，亦未爲公論。」

4 張孝祥、范成大、辛棄疾、劉過。

5 韓愈〈與馮宿論文書〉：「時時應事作俗下文字，下筆令人慚！及示人則以爲好。小慚者亦蒙謂之小好，大慚者即必以爲大好矣。」

九六

梅溪、夢窗、玉田、[1]草窗、[2]西麓[3]諸家，詞雖不同，然同失之膚淺，雖時代使然，亦其才分有限也。近人棄周鼎而寶康瓠，實難索解。

1 周濟《宋四家詞選目錄序論》云：「玉田才本不高，專恃磨礱雕琢。裝頭作腳，處處妥當。後人翕然宗之。」

2 同上云：「草窗鏤冰刻楮，精妙絕倫。但立意不高，取韻不遠。當與玉田抗行，未可方駕王吳也。」

3 《白雨齋詞話》卷二云：「陳西麓詞，在中仙、夢窗之間，沉鬱不及碧山，而時有清超處。超逸不及夢窗，而婉雅猶過之。」

九七

余友沈昕伯紘自巴黎寄余〈蝶戀花〉一闋云：「簾外東風隨燕到，春色東來，循我來時道。一霎圍場生綠草，歸遲卻怨春來早。　錦繡一城春水繞，庭院笙歌，行樂多年少。著意來開孤客抱，不如名字閒花鳥。」此詞當在晏氏父子間，[1]南宋人不能道也。

1　周濟《宋四家詞選目錄序論》云：「晏氏父子，仍步溫韋，小晏精力尤勝。」

九八

「君王枉把平陳業，換得雷塘數畝田。」[1]政治家之言也[2]。「長陵亦是閒邱隴，異日誰知與仲多！」[3]詩人之言也。[4]政治家之眼，域於一人一事；詩人之眼，則通古今而觀之。詞人觀物，須用詩人之眼，不可用政治家之眼，故感事懷古等作，當與壽詞同爲詞家所禁也。

1 檢羅隱〈煬帝陵詩〉，原作「君王忍把平陳業，只換（一作博）雷塘數畝田！」王氏所引，誤記一二字，應勘正。魏徵《隋書．煬帝紀》云：「化及葬煬帝吳公臺下，大唐平江南之後，改葬雷塘。」

2 詩蓋悼煬帝平陳大業，不能久保，僅留區區葬身之所。此意自專弔煬帝一人之得失，不得移之於古今任何人也。

3 唐彥謙仲山詩，有長陵二句。《漢書．高帝紀》云：「上奉玉卮爲太上皇壽，曰：『始大人常以臣無賴，不能治產業，不如仲力。今某之業所就，孰與仲多？』」

4

詩意謂由歿後論之，則漢高亦何殊于其弟，同荒沒於邱隴而已。憑弔一人，而古今無數人，無不可同此感慨，此之謂詩人造情之偉大。

九九

宋人小說，多不足信。如《雪舟脞語》，[1]謂：台州知府唐仲友眷官伎嚴蕊奴，朱晦庵繫治之。及晦庵移去，提刑岳霖行部，至台，蕊乞自便，岳問曰：去將安歸？蕊賦〈卜算子〉詞云：「住也如何住」云云，案此詞係仲友戚高宣教作，使蕊歌以侑觴者。見朱子糾唐仲友奏牘。[2]則《齊東野語》所紀朱唐公案，[3]恐亦未可信也。

1 《說郛》卷五十七，宋末邵桂子《雪舟脞語》云：「唐悅齋仲友，字與正，知台州，朱晦庵爲浙東提舉，數不相得，至於互申。壽皇問宰執二人曲直，對曰：秀才爭閒氣耳。悅齋眷官妓嚴蕊奴，晦庵捕送囹圄，提刑岳商卿霖行部疏決，蕊奴乞自便，憲使問去將安歸？蕊奴賦〈卜算子〉末云：『住也如何住，去也終須去，但得山花插滿頭，莫問奴歸處？』憲笑而釋之。」

2 塗刻《朱子大全》卷十八，〈按唐仲友第三狀〉云：「仲友自到任以來，寵愛弟妓。嚴蕊稍以色稱，仲友與之媟狎，雖在公庭，全無顧忌，公然與之落

3

籍，令表弟高宣教以公庫轎乘錢物津發歸婺州。」又卷十九〈按唐仲友第四狀〉云：「五月十六日筵會，仲友親戚高宣教撰曲一首，名〈卜算子〉，後一段云：『去又如何去，住又如何住，但得山花插滿頭，休問奴歸處。』」周密《齊東野語》卷十七「朱唐交奏本末」條云：「朱晦庵按唐仲友，或云呂伯恭嘗與仲友同書會，有隙，朱主呂，故抑唐。是不然也。蓋唐平時恃才輕晦庵，而陳同父頗爲朱所進，與唐每不相下，同父遊台，嘗狎籍妓，囑唐爲脫籍，許之。偶郡集，唐語妓云：汝果欲從陳官人耶？妓謝。唐云：汝須能忍饑受凍，乃可。妓聞大恚，自是陳至妓家，無復前之奉承矣。陳知爲唐所賣，亟往見朱，朱問近日小唐云何？答曰：唐謂公尚不識字，如何作監司。朱銜之，遂以部內有冤獄，乞再巡按。既至台，適唐出迎少稽，朱益以陳言爲信，立索郡印，付以次官，乃摭唐罪具奏，而唐亦作奏馳上。時唐鄉相王淮當軸，既進呈，上問王，王奏：此秀才爭閒氣耳。遂兩平其事。詳見周平園、王季海日記，而朱門諸賢所著《年譜．道統錄》乃以季海右唐而並斥之，非公論也。其說聞之陳伯玉式卿，蓋親得之婺之諸呂云。」

一〇〇

〈滄浪〉、〈鳳兮〉二歌，已開《楚辭》體格。[1]然《楚辭》之最工者，推屈原宋玉，而後此之王褒、劉向之詞不與焉。[2]五古之最工者，實推阮嗣宗、左太沖、郭景純、陶淵明，而前此曹、劉，後此陳子昂、李太白不與焉。[3]詞之最工者，實推後主、正中、永叔、少游、美成，而後此南宋諸公不與焉。

1 《孟子》載〈滄浪之歌〉曰：「滄浪之水清兮，可以濯我纓；滄浪之水濁兮，可以濯我足。」《論語》載楚狂接輿之歌曰：「鳳兮鳳兮，何德之衰！」二歌皆有兮字，用南方稽留語也。

2 王逸本《楚辭》，收王褒〈九懷〉，劉向〈九歎〉，大抵皆摹擬原、玉〈九章〉、〈九辨〉之作。

3 王氏之意，蓋以曹植、劉楨之五古，尚係初創之制；阮、陶、左、郭，各放奇彩，爲五古詩之最爛盛者；陳、李之於五古，亦猶向、褒之於《楚辭》，皆不足與原制爭先。

一〇一

唐五代之詞，有句而無篇；南宋名家之詞，有篇而無句。有篇有句，唯李後主降宋後之作，[1]及永叔、子瞻、少游、美成、稼軒數人而已。[2]

1 如〈虞美人〉、〈望江南〉、〈浪淘沙令〉等首皆是。

2 《詞源》卷下句法條，舉東坡〈楊花詞〉云：「似花還似非花，也無人惜從教墜。」又云：「春色三分，二分塵土，一分流水。」又舉美成〈風流子〉云：「鳳閣繡幃深幾許，聽得理絲簧。」以爲皆平易中有句法。惟不及歐、秦、稼軒。

一〇二

讀《會眞記》者，惡張生之薄倖，而恕其奸非；讀《水滸傳》者，恕宋江之橫暴，而責其深險；此人人之所同也。故豔詞可作，唯萬不可作儇薄語。龔定庵詩云：「偶賦〈凌雲〉偶倦飛，偶然閒慕遂初衣。偶逢錦瑟佳人問，便說尋春爲汝歸。」其人之涼薄無行，躍然紙墨間。余輩讀耆卿、伯可詞，亦有此感。[1] 視永叔、希文小詞何如耶？詞人之忠實，[2] 不獨對人事宜然，即對一草一木，亦須有忠實之意。否則所謂遊詞[3] 也。

1 《詞源》卷下云：「詞欲雅而正，志之所之，一爲情所役，則失其雅正之音。耆卿、伯可（康與之）不必論，雖美成亦有所不免。」

2 《白雨齋詞話》卷八云：「無論詩古文詞，推到極處，總以一誠爲主。杜詩韓文，所以大過人者在此。求之於詞，其惟碧山乎。明乎此則無聊之酬應，與無病之呻吟，皆可不作矣。」

3

金應珪〈詞選後序〉云：「規模物類，依託歌舞，哀樂不衷其性，慮歎無與乎情。連章累篇，義不出乎花鳥；感物指事，理不外乎酬應。雖既雅而不豔，斯有句而無章。是謂游詞。」

一〇三

讀《花間》、《尊前集》，令人回想徐陵《玉臺新詠》；[1]讀《草堂詩餘》令人回想韋縠《才調集》；[2]讀朱竹垞《詞綜》，張皋文、董子遠《詞選》，令人回想沈德潛《三朝詩別裁集》。[3]

1 《花間集》十卷，後蜀趙崇祚編。《尊前集》二卷（朱祖謀校輯本《尊前集》不分卷），不著編輯者名氏。紀昀謂：就詞論詞，《尊前》不失爲《花間》之驂乘。蓋二書實相類也。王士禎《花草蒙拾》云：「《花間》字法最著意設色，異紋細豔，非後人纂組所及。如『淚沾紅袖黦』、『猶結同心苣』、『豆蔻花間趖晚日』、『畫梁塵黦』、『洞庭波浪颭晴天』，山谷所謂古蕃錦者，其殆是耶。」又云：「或問《花間》之妙？曰：『蹙金結繡而無痕跡。』」按《花間》首登溫庭筠，以爲鼻祖。《尊前》則取唐明皇《好時光》，以冠其編。二書所錄，並多綺羅脂粉之詞，亦猶徐陵《玉臺新詠》之於詩也。《四庫提要》引劉肅《大唐新語》云：「梁簡文爲太子，好作豔詩，境內化之，晚年欲改作，追之不及，乃令徐陵爲《玉臺集》，以大其體。」此即後人所謂「玉臺體」，以目淫豔之詞者也。

2 《類編草堂詩餘》四卷，舊傳南宋人編。其書取流俗易解，實爲歌伎而設，已見前引宋翔鳳之論矣。王士禎《花草蒙拾》云：「或問《草堂》之妙，曰：『采采流水，蓬蓬遠春。』」是則阮亭以纖穠目《草堂》一書也。蜀韋縠編《才調集》十卷，紀昀謂其所選取法晚唐，以穠麗宏敞爲宗。合阮亭、曉嵐二家之說觀之，則詞有《草堂》，亦同詩有《才調》矣。

3 朱彝尊編《詞綜》三十四卷，汪森爲之增定。彝尊謂論詞必出於雅正；故推重宋曾慥之《樂府雅詞》，以《雅詞》盡去諧謔及當時豔曲，具有風旨，非靡靡之音可比，爲足尚也。張皋文《詞選》及其外孫董毅子遠《續詞選》均以〈風〉、〈騷〉之義，裁量詩餘。即《詞選》後鄭善長所附錄諸家詞，陳廷焯亦稱其大旨皆不悖於〈風〉、〈騷〉（《白雨齋詞話》卷六），是均存雅正之旨者。沈德潛崇奉溫柔敦厚之詩教，別裁僞體，故有唐明清《三朝詩別裁集》之選，與朱張選詞，如出一轍。

一〇四

明季國初諸老之論詞，大似袁簡齋之論詩，其失也纖小而輕薄。[1]竹垞以降之論詞者大似沈歸愚，其失也枯槁而庸陋。[2]

1 如鄒祇謨《遠志齋詞衷》取柴紹炳「華亭腸斷，宋玉魂消」之語，以爲論詞神到，賀裳《皺水軒詞筌》稱譽廖瑩中〈個儂詞〉，皆略近袁枚《隨園詩話》所論。

2 按繼朱彝尊竹垞《詞綜》而起者，如御選《歷代詩餘》、張惠言《詞選》等，均本尚雅黜浮之旨，以張聲教。與沈德潛歸愚之各朝詩《別裁集》旨意相近。

一〇五

東坡之曠在神，[1]白石之曠在貌，[2]白石如王衍口不言阿堵物，而暗中爲營三窟之計，此其所以可鄙也。

1 俞彥《爰園詞話》云：「子瞻詞，無一語著人間煙火，此自大羅天上一種，不必與少游、易安輩較量體裁也。」

2 周濟《介存齋論詞雜著》云：「白石放曠，故情淺。」

一〇六

蕙風詞小令似叔原，[1]長調亦在清眞、梅溪間，而沉痛過之。[2]彊村雖富麗精工，猶遜其眞摯也。天以百凶成就一詞人，果何爲哉。[3]

1 晏幾道叔原有《小山詞》，其詞曲折深婉，淺處皆深。舉其〈臨江仙〉云：「夢後樓臺高鎖，酒醒簾幕低垂。去年春恨卻來時，落花人獨立，微雨燕雙飛。　記得小初見，兩重心字羅衣。琵琶弦上說相思，當時明月在，曾照彩雲歸。」況周頤夔笙（晚號蕙風詞隱）亦有〈臨江仙〉詞云：「楊柳樓臺花世界，嘶驄只在銅街。金荃蘭畹惜荒萊。無多雙鬢綠，禁得幾徘徊？暖不成晴寒又雨，昏昏過卻黃梅。愁邊萬一損風懷。雁箏猶有字，蠟炬未成灰。」叔原〈浣溪沙〉云：「日日雙眉鬥畫長，行雲飛絮共輕狂，不將心嫁冶遊郎。　濺酒滴殘歌扇字，弄花薰得舞衣香，一春彈淚說淒涼！」蕙風亦有〈浣溪沙．綠葉成陰，苦憶閶門楊柳〉云：「翠袖單寒亦自傷，何曾花裡並鴛鴦？只拚陌路屬蕭郎。　黃絹竟成碑上字，紅綿誰見被中裝？可曾將恨付斜陽？」似皆略足相擬。

2

趙尊嶽《蕙風詞史》云：「先生初爲詞，以穎悟好爲側豔語，遂把臂南宋竹山、梅溪之林。自佑遐進以重大之說，乃漸就爲白石，爲美成，以抵於大成。」其長調沉痛過於周邦彥清眞、史達祖梅溪者，例如〈南浦・春草〉云：「南浦黯銷魂，共春波，誤入江郎〈愁賦〉。金谷悄和煙，王孫去，猶自萋萋無數。愁苗豔種，夕陽消盡成今古。依樣東風依樣綠，人老翠雲深處。　憑闌無限芳菲，待輕陰薄暝。殷勤乞與，生意重低回。長亭路，爭忍玉驄輕去。春心似海，算來誰識紅心苦？何況深深深徑曲，猶有抱香蘅杜。」譚獻評之曰：「字字〈離騷〉屈宋心！」周、史皆各有〈南浦詞〉，均無沉痛語。周詞云：「淺帶一帆風，向晚來，扁舟隱下南浦。迢遞阻瀟湘，衡皋迴，斜艤蕙蘭汀渚，危檣影裡，斷雲點點遙天暮！菡萏裡，風偷送，清香時時微度。　吾家舊有簪纓，甚頓作天涯，經歲羈旅。羌管怎知情，煙波上，黃昏萬斛愁緒。無言對月，皓彩千里人何處？恨無鳳翼，身只待而今，飛將歸去。」史詞云：「玉樹曉飛香，待倩他，和愁點破妝鏡。輕嫩一天春，平白地，都護雨昏煙暝。幽花露溼，定應獨把闌干憑！謝屐未蠟，安排共文鴛，重遊芳徑。　年來夢雨揚州，怕事隨歌殘，情趁雲冷。嬌盼隔東風，無人會，鶯燕暗中心性！深盟縱約，盡同晴雨全無定。海棠夢在，相思過西園，秋千紅影。」

3

彊村富麗精工之篇，如〈丹鳳吟．和半塘四月二十七日雨霽之作依清眞韻〉云：「斷送園林如繡，雨溼朱幡，塵飄芳閣。黃昏獨立，依舊好春簾幕。分明俊侶，霎時乖阻，鏡鳳盟寒，衫鸞妝薄。漫託青禽寄語，細認銀鉤，珠淚濽透箋角。　此後別腸寸寸，去魂總怯波浪惡。夜暝天寒處，拚鉛紅都洗，眉翠潛鑠。舊情未訴，已是一江潮落。紅燭玉釵思已斷，悔圓紈重握。影娥夢裡，知時念時著。」或曰：「此爲翁同龢罷相作。」況氏清末以文學顯，及入民國，客居海上，至貧無以舉炊，賣書遺日，〈浣溪沙．無米〉云：「逃墨翻教突不黔，瓶罍何暇恥齏鹽，半生辛苦一時甜！　傳苦枯螢共寧耐，無憐饑鼠誤窺覘，頑夫自笑爲誰憐！」〈秋宵吟．賣書〉云：「似怨別侯門，玉容深鎖，字裡珠塵，待幻作山頭飯顆。」（節錄）蓋況氏本勝朝遺老，晚遇侘傺，天挺騷才，逢此百凶，哀已！

一〇七

蕙風〈洞仙歌．秋日遊某氏園〉[1]及〈蘇武慢．寒夜聞角〉[2]二闋，境似清眞，集中他作，不能過之。

1 況氏〈洞仙歌．秋日遊某氏園〉云：「一晌閒緣借，便意行散緩，消愁聊且。有花迎徑曲，鳥呼林罅，秋光取次披圖畫。恣遠眺，登臨臺與榭。堪瀟灑，奈盼斷征鴻，幽恨翻縈惹。　忍把，鬢絲影裡，袖淚寒邊，露草煙蕪，付與杜牧狂吟，誤作少年遊冶。殘蟬肯共傷心話，問幾見，斜陽疏柳掛。誰慰藉，到重陽，插菊攜萸事眞假。酒更貰，更有約東籬下。怕蹉跎霜訊，夢沉人悄西風乍。」

2 〈蘇武慢．寒夜聞角〉云：「愁入雲遙，寒禁霜重，紅燭淚深人倦。情高轉抑，思往難回，淒咽不成清變。風際斷時，迢遞天街，但聞更點。枉教人回首，少年絲竹，玉容歌管。　憑作出，百緒淒涼，淒涼惟有，花冷月閒庭院。珠簾繡幕，可有人聽，聽也可曾腸斷。除卻塞鴻，遮莫城烏，替人驚慣。料南枝明日，應減紅香一半。」（《詞莂》）

一〇八

《彊村詞》，余最賞其〈浣溪沙〉「獨鳥沖波去意閒」二闋，[1]筆力峭拔，非他詞可能過之。

1 《彊村語業》卷一，〈浣溪沙〉云：「獨鳥沖波去意閒，瑰霞如赭水如箋，爲誰無盡寫江天！　並舫風弦彈月上，當窗山髻挽雲還，獨經行地未荒寒！」又云：「翠阜紅厓夾岸迎，阻風滋味暫時生，水窗宮燭淚縱橫！　禪悅新耽如有會，酒悲突起總無名，長川孤月向誰明？」

一〇九

蕙風聽歌諸作，自以〈滿路花〉爲最佳。[1]至〈題香南雅集圖〉諸詞，殊覺泛泛，無一言道著。

1　況氏〈滿路花〉（呂聖求體）序云：「彊村有聽歌之約，詞以堅之。」詞云：「蟲邊安枕簟，雁外夢山河。不成雙淚落，爲聞歌。浮生何益，盡意付消磨。見說寰中秀，曼睩修娥，舊家風度無過。鳳城絲管，回首惜銅駝。看花餘老眼重摩挲，香塵人海，唱徹〈定風波〉。點鬢霜如雨，未比愁多，問天還問嫦娥。」（梅郎蘭芳以《嫦娥奔月》一劇，蜚聲日下。）

附錄　王國維重要序文

三十自序

歲月不居，時節如流，犬馬之齒，已過三十。志學以來，十有餘年，體素孱弱，不能銳進於學。進無師友之助，退有生事之累，故十年所造，遂如今日而已。然此十年間進步之跡，有可言焉。夫懷舊之感，恆篤於暮年；進取之方，不容於反顧。余年甫壯，而學未成，冀一簣以為山，行百里而未半。然舉前十年之進步，以為後此十年二十年進步之券，非敢自喜，抑亦自策勵之一道也。余家在海寧，故中人產也，一歲所入，略足以給衣食。家有書五、六篋，除《十三經注疏》為兒時所不喜外，其余晚自塾歸，每泛覽焉。十六歲，見友人讀《漢書》而悅之，乃以幼時所儲蓄之歲朝錢萬，於杭州購「前四史」，是為平生讀書之始。

時方治舉子業，又以其間學駢文散文，用力不專，略能形似而已。未幾而有甲午之役，始知世尚有所謂學者。家貧不能以資供遊學，居恆怏怏，亦不能專力於是矣。二十二歲正月，始至上海，主時務報館，任書記校讎之役。二月而上虞羅君振玉等私立之東文學社成，請於館主汪君康年，日以午後三小時往學焉。汪君許之，然館事頗劇，無自習之暇，故半年中之進步，不如同學諸子遠甚。夏六月，又以病足歸里，數月而癒。癒而復至滬，則時務報館已閉，羅君乃使治社之庶務，而免其學資。是時社中教師爲日本文學士藤田豐八、田岡佐代治二君。二君故治哲學，余一日見田岡君之文集中，有引汗德、叔本華之哲學者，心甚喜之。顧文學睽隔，自以爲終身無讀二氏之書之日矣。次年社中兼授數學、物理、化學、英文等，其時擔任數學者，即藤田君。君以文學者而授數學，亦未嘗不自笑也。顧君勤於教授，其時所用藤澤博士之算術代數兩教科書，問題殆以萬計，同學三、四人者，無一問題不解，君亦無一不校閱也。又一年，而值庚子之變，學社解散。蓋余之學於東文學社也，二年有半，而其學英文亦一年有半。時方畢第三讀本，乃購第四、第五讀本，歸里自習之。日盡一、二課，必以能解爲度，不解者且置之。而北亂稍定，羅君乃助以資，使遊學於日本。亦從藤田君之勸，擬專修理學。故抵日本後，晝習英文，夜至物理學校習數學。留東京四五月而病作，遂以是夏歸國。自是以後，遂爲獨學之時代矣。體素羸弱，性復憂鬱，人生之問題，日往復於吾前。自是始決從事於哲學，而此時爲余讀書之指導者，亦即藤田君也。次歲春，始讀翻爾彭之《社會學》，及文之《名學》、海甫定《心理學》之半。而所購哲學之書亦至，於是暫輟心理學而讀巴爾善之《哲學概論》，文特爾彭之《哲學史》。當時之讀此等書，固與前日之讀英文讀本之道無異。幸而已得讀日文，則與日文之此類書參照而觀之，遂得通其大略。既卒《哲學概論》、《哲學史》，次年始讀汗德《純理批評》。至《先天分析論》幾全不可解，更輟不讀，而讀叔本華之《意志及表象之世界》一書。叔氏之書，思精而筆銳。是歲前後讀二過，次及於其《充足理由之原則論》、《自然中之意志論》，及其文集等。尤以其《意志及表象之世界》中〈汗德哲學之批評〉一篇，爲通汗德哲學關鍵。至二十九歲，更返而讀汗德之書，則非復前日之窒礙矣。嗣是於汗德之《純理批評》外，兼及其倫理學及美學。至今年從事第四次之研究，則窒礙更少，而覺其窒礙之處大抵其說之不可持處而已。此則當日誌學之初所不及料，而在今日亦得以自慰藉者也。此外如洛克、休蒙之書，亦時涉獵及之。近數年來爲學之大略如此。顧此五、六年間，亦非能終日治學問，其爲生活故而治他人之事，日少則二、三時，多或三、四時，其所用以讀書者，日多不逾四時，少不過二時。過此以往則精神渙散，非與朋友談論，則涉獵雜書。唯此二、三時間之讀書，則非有大故，不稍間斷而已。夫以余境之貧薄，而體之孱弱也，又每日爲學時間之寡也，持之以恆，尙能小有所就，況財力精力之倍於余者，循序而進，其所造豈有量哉！故書十年間之進步，非徒以爲責他日進步之券，亦將以勵今之人使不自餒也。若夫余之哲學上及文學上之撰述，其見識文采亦誠有過人者，此則汪氏中所謂「斯有天致，非由人力，雖情符曩哲，未足多矜」者，固不暇爲世告焉。

（一九〇七年三月，《教育世界》第六期）

*編按：爾彭，今譯作費爾班。及文，今譯作傑文斯。巴爾善，今譯作保羅森。海甫定，今譯作許夫定。文特爾彭，今譯作文德爾班。汗德《純理批評》，今譯作康德《純粹理性批判》。休蒙，今譯作休謨。

自序二

前篇既述數年間爲學之事，茲復就爲學之結果述之。

余疲於哲學有日矣。哲學上之說，大都可愛者不可信，可信者不可愛。余知眞理，而余又愛其謬誤。偉大之形而上學，高嚴之倫理學，與純粹之美學，此吾人所酷嗜也。然求其可信者，則寧在知識論上之實證論、倫理學上之快樂論與美學上之經驗論。知其可信而不能愛，覺其可愛而不能信，此近二、三年中最大之煩悶，而近日之嗜好所以漸由哲學而移於文學，而欲於其中求直接之慰藉者也。要之，余之性質，欲爲哲學家則感情苦多，而知力苦寡；欲爲詩人，則又苦感情寡而理性多。詩歌乎？哲學乎？他日以何者終吾身，所不敢知，抑在二者之間乎？

今日之哲學界，自赫爾德曼以後，未有敢立一家系統者也。居今日而欲自立一新系統，自創一新哲學，非愚則狂也。近二十年之哲學家，如德之芬德、英之斯賓塞，但蒐集科學之結果，或古人之說而綜合之、修正之耳。此皆第二流之作者，又皆所謂可信而不可愛者也。此外所謂哲學家，則實哲學史家耳。以余之力，加之以學問，以研究哲學史，或可操成功之券。然爲哲學家，則不能；爲哲學史，則又不喜，此亦疲於哲學之一原因也。

近年嗜好之移於文學，亦有由焉，則塡詞之成功是也。余之於詞，雖所作尚不及百闋，然自南宋以後，除一二人外，尚未有能及余者，則平日之所自信也。雖比之五代、北宋之大詞人，余愧有所不如，然此等詞人，亦未始無不及余之處。因詞之成功，而有志於戲曲，此亦近日之奢願也。然詞之於戲曲，一抒情，一敘事，其性質既異，其難易又殊。

又何敢因前者之成功，而遽冀後者乎？但余所以有志於戲曲者，又自有故。吾中國文學之最不振者，莫戲曲若。元之雜劇，明之傳奇，存於今日者，尚以百數。其中之文字，雖有佳者，然其理想及結構，雖欲不謂至幼稚、至拙劣，不可得也。國朝之作者，雖略有進步，然比諸西洋之名劇，相去尚不能以道里計。此餘所以自忘其不敏，而獨有志乎是也。

然目與手不相謀，志與力不相副，此又後人之通病。故他日能爲之與否，所不敢知，至爲之而能成功與否，則愈不敢知矣。

雖然，以余今日研究之日淺，而修養之力乏，而遽絕望於哲學及文學，毋乃太早計乎！苟積畢生之力，安知於哲學上不有所得，而於文學上不終有成功之一日乎？即今一無成功，而得於局促之生活中，以思索玩賞爲消遣之法，以自逭於聲色貨利之域，其益固已多矣。詩云：「且以喜樂，且以永日。」此吾輩才弱者之所有事也。若夫深湛之思，創造之力，苟一日集於余躬，則俟諸天之所爲歟！俟諸天之所爲歟！

（一九〇七年三月，《教育世界》第十期）

文學小言

一

昔司馬遷推本漢武時學術之盛，以爲利祿之途使然。余謂一切學問皆能以利祿勸，獨哲學與文學不然。何則？科學之事業，皆直接間接以厚生利用爲旨，古未有與政治及社會上之興味相刺謬者也。至一新世界觀與新人生觀出，則往往與政治及社會上之興味不能相容。若哲學家而以政治及社會之興味爲興味，而不顧眞理之如何，則又絕非眞正之哲學。以歐洲中世哲學之以辯護宗教爲務者，所以蒙極大之汙辱，而叔本華所以痛斥德意志大學之哲學者也。文學亦然；餔餟的文學，絕非眞正之文學也。

二

文學者，遊戲的事業也。人之勢力用於生存競爭而有餘，於是發而爲遊戲。婉孌之兒，有父母以衣食之，以卵翼之，無所謂爭存之事也。其勢力無所發洩，於是作種種之遊戲。逮爭存之事亟，而遊戲之道息矣。唯精神上之勢力獨優，而又不必以生事爲急者，然後終身得保其遊戲之性質。而成人以後，又不能以小兒之遊戲爲滿足，放是對其自己之感情及所觀察之事物而摹寫之、詠嘆之，以發洩所儲蓄之勢力。故民族文化之發達，非達一定之程度，則不能有文學；而個人之汲汲於爭存者，絕無文學家之資格也。

三

人亦有言，名者利之賓也。故文繡的文學之不足爲眞文學也，與餔餟的文學同。古代文學之所以有不朽之價值者，豈不以無名之見者存乎？至文學之名起，於是有因之以爲名者，而眞正文學乃復託放不重於世之文體以自見。逮此體流行之後，則又爲虛玄矣。故模仿之文學，是文繡的文學與餔餟的文學之記號也。

四

文學中有二原質焉：曰景、曰情。前者以描寫自然及人生之事實爲主，後者則吾人對此種事實之精神的態度也。故前者客觀的，後者主觀的也；前者知識的，後者感情的也。自一方面言之，則必吾人之胸中洞然無物，而後其觀物也深，而其體物也切；即客觀的知識，實與主觀的感情爲反比例。自他方面言之，則激烈之感情，亦得爲直觀之對象、文學之材料；而觀物與其描寫之也，亦有無限之快樂伴之。要之，文學者，不外知識與感情交代之結果而已。苟無銳敏之知識與深邃之感情者，不足與於文學之事。此其所以但爲天才遊戲之事業，而不能以他道勸者也。

五

古今之成大事業大學問者，不可不歷三種之階級：「昨夜西風凋碧樹，獨上高樓，望盡天涯路。」（晏同叔〈蝶戀花〉）此第一階級也。「衣帶漸寬終不悔，爲伊消得人憔悴。」（歐陽永叔〈蝶戀花〉）此第二階級也。「衆裏尋他千百度，回頭驀見，那人正在燈火闌珊處。」（辛幼安〈青玉案〉）此第三階級也。未有不閱第一、第二階級，而能遽躋第三階級者。文學亦然。此有文學上之天才者，所以又需莫大之修養也。

六

三代以下之詩人，無過於屈子、淵明、子美、子瞻者。此四子者苟無文學之天才，其人格亦自足千古。故無高尚偉大之人格，而有高尚偉大之文學者，殆未之有也。

七

天才者，或數十年而一出，或數百年而一出，而又須濟之以學問，帥之以德性，始能產眞正之大文學。此屈子、淵明、子美、子瞻等所以曠世而不一遇也。

八

「燕燕於飛，差池其羽」。「燕燕於飛，頡之頏之」。「睍睆黃鳥，載好其音」。「昔我往矣，楊柳依依」。詩人體物之妙，侔於造化，然皆出於離人孽子征夫之口，故知感情眞者，其觀物亦眞。

九

「駕波四牡，四牡項領。我瞻四方，蹙蹙靡所騁」。以〈離騷〉、〈遠遊〉數千言言之而不足者，獨以十七字盡之，豈不詭哉！然以譏屈子之文勝，則亦非知言者也。

十

屈子感自己之感，言自己之言者也。宋玉景差感屈子之所感，而言其所言；然親見屈子之境遇，與屈子之人格，故其所言，亦殆與言自己之言無異。賈誼、劉向其遇略與屈子同，而才則遜矣。王叔師以下，但襲其貌而無眞情以濟之。此後人之所以不復爲楚人之詞者也。

十一

屈子之後，文學上之雄者，淵明其尤也。韋、柳之視淵明，其如賈、劉之視屈子乎！彼感他人之所感，而言他人之所言，宜其不如李、杜也。

十二

宋以後之能感自己之感，言自己之言者，其唯東坡乎！山谷可謂能言其言矣，未可謂能感所感也。遺山以下亦然。若國朝之新城，豈徒言一人之言已哉？所謂「鶯偷百鳥聲」者也。

十三

詩至唐中葉以後，殆爲羔雁之具矣。故五季、北宋之詩，（除一二大家外。）無可觀者，而詞則獨爲其全盛時代。其詩詞兼擅如永叔、少游者，皆詩不如詞遠甚。以其寫之於詩者，不若寫之於詞者之眞也。至南宋以後，詞亦爲羔雁之具，而詞亦替矣。（除稼軒一人外。）觀此足以知文學盛衰之故矣。

十四

上之所論，皆就抒情的文學言之（〈離騷〉、詩詞皆是）。至敘事的文學（謂敘事詩、詩史、戲曲等，非謂散文也），則我國尚在幼稚之時代。元人雜劇，辭則美矣，然不知描寫人格爲何事。至國朝之《桃花扇》，則有人格矣，然他戲曲則殊不稱是。要之，不過稍有系統之詞，而並失詞之性質者也，以東方古文學之國，而最高之文學無一足以與西歐匹者，此則後此文學家之責矣。

十五

抒情之詩，不待專門之詩人而後能之也。若夫敘事，則其所需之時日長，而其所取之材料富。非天才而又有暇日者不能。此詩家之數之所以不可更僕數，而敘事文學家殆不能及百分之一也。

十六

《三國演義》無純文學之資格，然其敘關壯繆之釋曹操，則非大文學家不辦。《水滸傳》之寫魯智深，《桃花扇》之寫柳敬亭、蘇昆生，彼其所爲，固毫無意義。然以其不顧一己之利害，故猶使吾人生無限之興味，發無限之尊敬，況於觀壯繆之矯矯者乎？若此者，豈眞如汗德所云，實踐理性爲宇宙人生之根本歟？抑與現在利己之世界相比較，而益使吾人興無涯之感也？則選擇戲曲小說之題目者，亦可以知所去取矣。

十七

吾人謂戲曲小說家爲專門之詩人，非謂其以文學爲職業也。以文學爲職業，餔餟的文學也。職業的文學家，以文學爲生活；專門之文學家，爲文學而生活。今餔餟的文學之途，蓋已開矣。吾寧聞征夫思婦之聲，而不屑使此等文學囂然汙吾耳也。

（一九〇六年十二月，《教育世界》第一三九期）

古雅之在美學上之位置

「美術者天才之製作也」，此自汗德以來百餘年間學者之定論也。然天下之物，有絕非眞正之美術品，而又絕非利用品者。又其製作之人，絕非必爲天才，而吾人之視之也，若與天才所製作之美術無異者。無以名之，名之曰「古雅」。

欲知古雅之性質，不可不知美之普遍之性質。美之性質，一言以蔽之曰：可愛玩而不可利用者是已。雖物之美者，有時亦足供吾人之利用，但人之視爲美時，絕不計及其可利用之點。其性質如是，故其價値亦存於美之自身，而不存乎其外。而美學上之區別美也，大率分爲二種：曰優美、曰宏壯。自巴克及汗德之書出，學者殆視此爲精密之分類矣。至古今學者對優美及宏壯之解釋，各由其哲學系統之差別而各不同。要而言之，則前者由一對象之形式不關於吾人之利害，遂使吾人忘利害之念，而以精神之全力沉浸於此對象之形式中。自然及藝術中普通之美，皆此類也。後者則由一對象之形式，越乎吾人知力所能馭之範圍，或其形式大不利於吾人，而又覺其非人力所能抗，於是吾人保存自己之本能，遂超越乎利害之觀念外，而達觀其對象之形式，如自然中之高山大川、烈風雷雨，藝術中偉大之宮室、悲慘之雕刻像，歷史畫、戲曲、小說等皆是也。此二者，其可愛玩而不可利用也同，若夫所謂古雅者則何如？

一切之美，皆形式之美也。就美之自身言之，則一切優美皆存於形式之對稱變化及調和。至宏壯之對象，汗德雖謂之無形式，然以此種無形式之形式能喚起宏壯之情，故謂之形式之一種，無不可也。就美術之種類言之，則建築、雕刻、音樂之美之存於形式固不俟論，即圖畫、詩歌之美之兼存於材質之意義者，亦以此等材質適於喚起美情故，故亦得視爲一種之形式焉。釋迦牟尼與馬利亞莊嚴圓滿之相，吾人亦得離其材質之意義，而感無限之快樂，生無限之欽仰。戲曲小說之主人翁及其境遇，對文章之方面言之，則爲材質；然對吾人之感情言之，則此等材質又爲喚起美情之最適之形式。故除吾人之感情外，凡屬於美之對象者，皆形式而非材質也。而一切形式之美，又不可無他形式以表之，惟經過此第二之形式，斯美者愈增其美，而吾人之所謂古雅，即此第二種之形式。即形式之無優美與宏壯之屬性者，亦因此第二形式故，而得一種獨立之價値，故古雅者，可謂之形式之美之形式之美也。

夫然故古雅之致存於藝術而不存於自然。以自然但經過第一形式，而藝術則必就自然中固有之某形式，或所自創造之新形式，而以第二形式表出之。即同一形式也，其表之也各不同。同一曲也，而奏之者各異；同一雕刻繪畫也，而眞本與摹本大殊；詩歌亦然。「夜闌更秉獨，相對如夢寐」，（杜甫〈羌村〉詩）之於「今宵剩把銀照，猶恐相逢是夢中」，（晏幾道〈鷓鴣天〉詞）「願言思伯，甘心首疾」，（《詩·衛風·伯兮》）之於「衣帶漸寬終不悔，爲伊消得人憔悴」，（歐陽修〈蝶戀花〉詞）其第一形式同。而前者溫厚，後者刻露者，其第二形式異也。一切藝術無不皆然，於是有所謂雅俗之區別起。優美及宏壯必與古雅合，然後得顯其固有之價値。不過優美及宏壯之原質愈顯，則古雅之原質愈蔽。然吾人所以感如此之美且壯者，實以表出之之雅故，即以其美之第一形式，更以雅之第二形式表出之故也。

雖第一形式之本不美者，得由其第二形式之美雅，而得一種獨立之價值。茅茨土階，與夫自然中尋常瑣屑之景物，以吾人之肉眼觀之，舉無足與於優美若宏壯之數，然一經藝術家（若繪畫、若詩歌）之手，而遂覺有不可言之趣味。此等趣味，不自第一形式得之，而自第二形式得之無疑也。繪畫中之布置，屬於第一形式，而使筆使墨，則屬於第二形式。凡以筆墨見賞於吾人者，實賞其第二形式也。此以低度之美術（如法書等）爲尤甚。三代之鐘鼎、秦漢之摹印，漢、魏、六朝、唐、宋之碑帖，宋、元之書籍等，其美之大部實存於第二形式。吾人愛石刻不如愛眞跡，又其於石刻中愛翻刻不如愛原刻，亦以此也。凡吾人所加於雕刻書畫之品評，曰「神」、曰「韻」、曰「氣」、曰「味」，皆就第二形式言之者多，而就第一形式言之者少。文學亦然，古雅之價值大抵存於第二形式。西漢之匡、劉，東京之崔、蔡，其文之優美宏壯，遠在賈、馬、班、張之下，而吾人之嗜之也亦無遜於彼者，以雅故也。南豐之於文，不必工於蘇、王，姜夔之於詞，且遠遜於歐、秦，而後人亦嗜之者，以雅故也。由是觀之，則古雅之原質，為優美及宏壯中不可缺之原質，且得離優美宏壯而有獨立之價值，則固一不可誣之事實也。

然古雅之性質，有與優美及宏壯異者。古雅之但存於藝術而不存於自然，既如上文所論矣，至判斷古雅之力亦與判斷優美及宏壯之力不同。後者先天的，前者後天的、經驗的也。優美及宏壯之判斷之為先天的判斷，自汗德之《判斷力批評》後，殆無反對之者。此等判斷既為先天的，故亦普遍的、必然的也。易言以明之，即一藝術家所視為美者，一切藝術家亦必視為美。此汗德所以於其美學中，預想一公共之感官也。若古雅之判斷則不然，由時之不同而人之判斷之也各異。吾人所斷為古雅者，實由吾人今日之位置斷之。古代之遺物無不雅於近世之製作，古代之文學雖至拙劣，自吾人讀之無不古雅者，若自古人之眼觀之，殆不然矣。故古雅之判斷，後天的、經驗的，故亦特別的、偶然的。此由古代表出第一形式之道與近世大異，故吾人睹其遺跡，不覺有遺世之感隨之，然在當日，則不能若優美及宏壯，則固無此時間上之限制也。

古雅之性質既不存於自然，而其判斷亦但由於經驗，於是藝術中古雅之部分，不必盡俟天才，而亦得以人力致之。苟其人格誠高，學問誠博，則雖無藝術上之天才者，其製作亦不失爲古雅。而其觀藝術也，雖不能喻其優美及宏壯之部分，猶能喻其古雅之部分。若夫優美及宏壯，則非天才殆不能捕攫之而表出之。今古第三流以下之藝術家，大抵能雅而不能美且壯者，職是故也。以繪畫論，則有若國朝之王翬，彼固無藝術上之天才，但以用力甚深之故，故摹古則優而自運則劣，則豈不以其捨其所長之古雅，而欲以優美宏壯與人爭勝也哉。以文學論，則除前所述匡、劉諸人外，若宋之山谷、明之青邱、歷下、國朝之新城等，其去文學上之天才蓋遠，徒以有文學上之修養故，其所作遂帶一種典雅之性質。而後之無藝術上之天才者亦以其典雅故，遂與第一流之文學家等類而觀之，然其製作之負於天分者十之二、三，而負於人力者十之七、八，則固不難分析而得之也。又雖眞正之天才，其製作非必皆神來興到之作也。以文學論，則雖最優美最宏壯之文學中，往往書有陪襯之篇、篇有陪襯之章、章有陪襯之句、句有陪襯之字。一切藝術，莫不如是。此等神興枯涸之處，非以古雅彌縫之不可。而此等古雅之部分，又非藉修養之力不可。若優美與宏壯，則固非修養之所能爲力也。

然則古雅之價値，遂遠出優美及宏壯下乎？曰：不然。可愛玩而不可利用者，一切美術品之公性也。優美與宏壯然，古雅亦然。而以吾人之玩其物也，無關於利用故，遂使吾人超出乎利害之範圍外，而惝恍於縹緲寧靜之域。優美之形式，使人心和平；古雅之形式，使人心休息，故亦可謂之低度之優美。宏壯之形式常以不可抵抗之勢力喚起人欽仰之情，古雅之形式則以不習於世俗之耳目故，而喚起一種之驚訝。驚訝者，欽仰之情之初步，故雖謂古雅爲低度之宏壯，亦無不可也。故古雅之位置，可謂在優美與宏壯之間，而兼有此二者之性質也。至論其實踐之方面，則以古雅之能力，能由修養得之，故可爲美育普及之津梁。雖中智以下之人，不能創造優美及宏壯之物者，亦得由修養而有古雅之創造力；又雖不能喻優美及宏壯之價値者，亦得於優美宏壯中之古雅之原質，或於古雅之製作物中得其直接之慰藉。故古雅之價値，自美學上觀之誠不能及優美及宏壯，然自其教育衆庶之效言之，則雖謂其範圍較大成效較著可也。因美學上尙未有專論古雅者，故略述其性質及位置如右。篇首之疑問，庶得由是而說明之歟。

（一九〇七年，《教育世界》第一四四期）

王國維大事年表

一八七七—一九二七年

年代	記事
一八七七年	（光緒三年）十二月三日（農曆十月二十九日），出生於浙江省海寧州城內雙仁巷王宅。初名國楨，字靜安，又字伯隅，初號禮堂，晚號觀堂，又號永觀。
一八八二年	入私塾，師從潘紫貴及陳壽田先生。
一八九二年	（光緒十八年）參加海寧州歲試，中秀才。
一八九五年	（光緒二十一年）十一月與莫氏成婚。
一八九八年	（光緒二十四年）赴上海擔任《時務報》社書記。戊戌變法時期。進入羅振玉主辦的東文學社，開始研習西方近代文化。
一九〇一年	（光緒二十七年）秋，受羅振玉的資助，赴日本入東京物理學校。次年夏，因病回國。
一九〇三年	（光緒二十九年）得羅振玉的推薦，任教於通州和江蘇師範學堂，講授哲學、心理學、倫理學等，同時埋首文學研究。
一九〇四年	（光緒三十年）發表〈紅樓夢評論〉、〈論性〉〈教育偶感〉（四則）、〈論叔本華之哲學及其教育學說〉、〈國朝漢學派戴阮二家之哲學說〉、〈釋理〉、〈叔本華與尼采〉、〈書叔本華遺傳說後〉。

年代	記事
一九〇五年	（光緒三十一年）收錄多篇哲學、美學論文編為《靜安文集》刊行。
一九〇六年	（光緒三十二年）隨羅振玉入京師，就任學部圖書局任編譯局員，擔任編、譯、審定教科書等事。 詞作《人間詞（甲稿）》發表，結集近兩三年所填六十一闋詞。 發表〈論教育之宗旨〉、〈屈子文學之精神〉、〈文學小言〉、〈教育小言〉、〈去毒篇〉等。
一九〇七年	（光緒三十三年）七月，莫夫人病逝。 發表〈三十自序一、二〉〈古雅之在美學上之位置〉、〈人間嗜好之研究〉。
一九〇八年	（光緒三十四年）三月與潘氏成婚。 十一月，詞作結集四十三首為《人間詞（乙稿）》，初刊於《教育世界》雜誌。 十二月，《國粹學報》第四十七期開始發表《人間詞話》第一部分。從光緒三十四年（一九〇八年）到宣統元年（一九〇九年），分三期（第四十七期、四十九期、五十期）刊登完，共六十四條。 詞學理論《人間詞話》即《人間詞》創作經驗的總結。

年代	記事
一九〇九年	（宣統元年）《國粹學報》第四十九期、第五十期連載《人間詞話》。作《戲曲考源》、《唐宋大曲考》、《優語録》、《録曲餘談》、《曲録》。
一九一一年	（宣統三年）辛亥革命爆發。作〈國學叢刊序〉。隨羅振玉前往日本京都，研究方向開始從哲學、文學轉向經史、小學。
一九一二年	元旦，中華民國臨時政府在南京宣告成立，二月清政府退位。作《古劇腳色考》、《簡牘檢署考》。隨羅振玉赴日本京都暫住。
一九一三年	《宋元戲曲考》開始於《東方雜誌》九卷十期（一九一三年四月一日出版）發表，陸續連載。作〈明堂廟寢通考〉、〈釋幣〉、〈秦郡考〉、〈漢郡考〉。
一九一四年	與羅振玉合作《流沙墜簡》的整理與考釋。作《國朝金文著録表》、《邸閣考》。
一九一五年	《宋元戲曲考》商務印書館出版，更名為《宋元戲曲史》。作〈洛誥解〉、〈鬼方昆夷玁狁考〉、〈胡服考〉、《古禮器略說》、〈生霸死霸考〉等。

年代	記事
一九一六年	二月四日自日本京都啓程回國。為哈同花園主人編《學術叢編》。就任於「倉聖明智大學」。定居上海。作〈周書顧命考〉、〈釋樂次〉、〈釋史〉、〈史籀篇疏證〉、〈毛公鼎考釋〉、〈魏石經考〉、〈周開國年表〉、〈爾雅草木蟲魚鳥獸釋例〉、〈漢魏博士考〉等。
一九一七年	作〈殷卜辭中所見先公先王考〉、〈續考〉、〈殷周制度論〉、〈五聲說〉、〈唐諸家切韻考〉、〈六朝人韻書分部說〉、《兩周代金石文韻讀》、〈克鼎跋〉、《古本竹書紀年輯校》、《太史公年譜》、〈唐韻別考〉等。
一九一八年	作《釋由上》、《釋由下》、〈聲韻續考〉、《釋環玦》、〈釋禮〉、〈重輯倉頡篇〉等。
一九一九年	作〈西胡考〉（上、下）、〈西胡續考〉、〈西域井渠考〉、〈于闐公主供養地藏菩薩畫像跋〉、〈曹夫人繪觀音菩薩像跋〉、〈唐寫本殘職官書跋〉、〈唐寫本食療本草殘卷跋〉、〈唐寫本老子化胡經殘卷跋〉、〈唐寫本韋莊秦婦吟跋〉、〈唐寫本雲謠集雜曲子跋〉、〈唐寫本敦煌縣戶籍跋〉、《西域雜考》、〈摩尼教流行中國考〉等。

年代	記事
一九二〇年	作〈散氏盤考〉、〈克鐘克鼎跋〉、〈殘宋本三國志跋〉、〈與友人論石鼓書〉、〈隨庵所藏甲骨文字序〉、《敦煌發現唐朝之通俗詩及通俗小說》等。
一九二一年	作〈與友人論〈詩〉〈書〉中成語書〉（一、二）、〈小盂鼎跋〉、〈唐寫本摩訶般若波羅密經殘卷跋〉等。
一九二二年	一月任北京大學研究所國學門通訊導師。 作〈傳書堂記〉、〈庫書樓記〉、〈五代刻寶篋印陀羅經跋〉、〈宋刊分類集注杜工部詩跋〉、《兩浙古刊本考》、《五代兩宋監本考》、《乾隆浙江通志考異殘稿》等。
一九二三年	五月抵北京，應遜帝溥儀之召，任「南書房行走」。得以窺見大內所藏祕笈，曾檢理景陽宮藏書。 自選文集《觀堂集林》出版。 作〈肅霜滌場說〉、〈秦公敦跋〉、〈古磬跋〉、〈元次山硯拓本跋〉、〈殷墟文字類編序〉、《魏石經續考》、《密韻樓藏書志》等。

年代	記事
一九二四年	作〈高宗肜日說〉、〈釋天〉、〈宋刊水經注殘本跋〉、〈永樂大典本水經注跋〉、〈明抄本水經注跋〉、〈朱謀瑋水經注箋跋〉、〈孫潛夫水經注殘本跋〉、〈聚珍本戴校水經注跋〉、〈古瓦灶跋〉、〈古畫磚跋〉、〈金文編序〉、《散氏盤考釋》等。 馮玉祥、胡景翼等人發動「北京政變」。王國維引為恥辱，與羅振玉等前清遺老相約投河殉清，因家人阻攔而未果。
一九二五年	四月十八日，攜眷遷居清華園西院，就任清華學堂研究院導師。講授經史小學，並研究漢魏石經、古代西北地理及蒙古史料。與梁啓超、陳寅恪、趙元任號稱清華國學四大導師。 作《西遼都城虎思斡耳朵考》、〈蒙文元朝祕史跋〉、〈蒙韃備錄跋〉、〈魏石經考自序〉、〈最近二三十年中中國新發現之學問〉、《耶律文正公年譜》、《古行記四種校錄》、〈月氏未西徙大夏時故地考〉、〈重刻施國祁元遺山詩箋注序〉、〈韃靼考附年表〉、〈遼金時蒙古考〉、〈韃靼考〉、《長春真人西遊記校注》、〈元朝祕史地名索引〉等。
一九二六年	作〈記現存歷代尺度〉（又名〈中國歷代之尺度〉）、《克鼎銘考釋》、〈樂庵居士五十壽序〉、《宋代之金石學》、《耶律文正年譜餘記》、〈古史新證〉等。出版《蒙古史料四種校注》。

年代	記事
一九二七年	作〈黑車子室韋考〉、〈萌古考〉、〈金界壕考〉、〈南宋人所傳蒙古史料考〉、〈水經注箋跋〉、〈莽量考〉等。 六月二日，自沉於頤和園昆明湖。遺書言道「五十之年，只欠一死。經此事變，義無再辱……」。葬於北京福田公墓。 主要著作： 一九二七年羅振玉編《海寧王忠慤公遺書》。 一九四〇年趙萬里、王國華編《海寧王靜安先生遺書》。 一九七六年《王國維先生全集》，臺灣大通書局影印本。

大家講堂 004

人間詞話 講疏

作　　者 —— 王國維
講　　疏 —— 許文雨
發 行 人 —— 楊榮川
總 經 理 —— 楊士清
總 編 輯 —— 楊秀麗
叢書企劃 —— 蘇美嬌
特約編輯 —— 張碧娟
封面設計 —— 姚孝慈
出 版 者 —— 五南圖書出版股份有限公司
地　　址 —— 台北市大安區 106 和平東路二段 339 號 4 樓
電　　話 —— 02-27055066（代表號）
傳　　真 —— 02-27066100
劃撥帳號 —— 01068953
戶　　名 —— 五南圖書出版股份有限公司
網　　址 —— http://www.wunan.com.tw
電子郵件 —— wunan@wunan.com.tw
法律顧問 —— 林勝安律師事務所　林勝安律師
出版日期 —— 2020 年 6 月初版一刷
定　　價 —— 280 元

國家圖書館出版品預行編目資料

人間詞話講疏 / 王國維著 ; 許文雨講疏 . -- 1 版 . -- 臺北市 :
五南 , 2020.06
面 ; 公分 . -- (大家講堂 ; 4)
ISBN 978-957-763-775-8 (平裝)

1. 詞論

823.886　　108019884